日本の詩の諸相

網谷厚子

土曜美術社出版販売

日本の詩の諸相＊目次

カバー写真／髙田有大

日本の詩の諸相

人はなぜ詩を求めるのか

人はなぜ詩を読み、ときに書きたくなるのか。激しい思いが心の中に渦巻き、どうすることもできなくなったとき、感じたこと、見たものをスケッチするように、ノートやパソコンに書き出してみる。思いがけなく、心揺さぶられる詩に出会い、自らのいまだ開拓されていなかった部分が、深く掘り下げられていく。「詩ことば」が、一生の宝物のように、大切に心に収められる。現実の事象にとらわれて、よく見えなかったことが、鮮やかに心の中に広がり、物事の真実に触れた手触りがする。感動は、自ら求める姿勢のある人に、惜しみなく注がれる。泉が至る所から湧き出してくる。

詩と読者との出会いは、運命的で、深く心に刻まれた痕跡は、薄れることはあっても消え去ることがない。何かのきっかけで、その傷が新たに刻まれたように疼くことすらある。

多くの読者にとって、その運命的な詩が、近代詩に集中していることは否めない。いわゆる「愛唱歌」のようなものである。長年人々に愛された詩は、褪せない魅力に充ちている。私たちが学生時代、「文芸部」の密室で、貪るようにして読み、口角泡を飛ばし論じた国内外の詩人たちや思想家、言語学者は、生存されている方もいるが、リアルタイムで発表される作品に、当初の輝きは少ないように思われる。詩の「旬」は過ぎたのだろうか。一瞬の熱病から、私たちは回復し、おのおのの詩の世界を追究する苦しい旅の途上である。

一ヶ月に何十冊も詩集が出版される現代、どれだけの詩集が、長い時間の試練に耐えていけるのか。書店の「詩歌コーナー」も、出版される詩集の数と反比例して、年々狭くなっているような気がする。

日本の詩は、研究も詩作も、まだまだ開拓すべき余地がある。鑑賞するばかりではなく、国内外にその魅力を積極的に発信する時期にきていると私は考える。

若者が、Jポップの歌詞に心情を鼓舞されたり、涙したりするのに接するたび、心を揺るがす「詩ことば」の可能性を感じる。メロディを伴わなくても、どこからかリズムが響き、身も心も動き出すような「詩ことば」が必ずあると信じる。

日本語という言語は、他言語にはない、多くの特徴がある。少数民族の言語ではあるが、もっと良さに気づかれ、理解されてもいいと私は考える。その機能を理解することで、効果的な表現法も見えてくるのではないだろうか。

本書が、詩を愛する人々に、日本の詩の魅力が再発見できるようなものでありたい。その端緒にでもなり得たら本望である。

日本語の多様な表記・表現
――宮沢賢治「永訣の朝」を例に

一　日本語表記・表現の独自性

「日本語」は他国の言語に比べて多様な表記・表現が可能である。

①年齢・性差・時代・地域・職業・身分等位相別表現
②表記の多様性（漢字・ひらがな・カタカナ・ローマ字・ルビ等）
③「オノマトペ」の柔軟かつ創造的使用
④「助詞」「助動詞」、主語の省略
⑤語と語のゆるやかな飛躍的繋がり（「隙間空け」も含む）

思いつくものを列挙したが、さらに詳細に区分すれば、まだあるように思う。日本詩人クラブ「詩界」第21号（1953年）に、川路柳虹が「日本詩の諸問題」と題して1952年9月20日日本詩人クラブ秋季大会で講演した要旨が掲載されている。

（前略）西欧の新傾向を追ふ日本の芸術界は詩でも絵でも時に無反省な模倣だけで終つて一向育たないのが遺憾である。日本語といふもの、機能をよく把握したオリジナルな発見をすることが大切だと思ふ。（後略）

（日本詩人クラブ編『詩界　覆刻版』2005年2月刊参照）

諸外国の詩（外国詩・翻訳詩も含む）に対して、日本語による日本の詩を追究すべきと訴えている。川路柳虹も翻訳詩に手を染めているが、諸外国からの影響を存分に受けながらも、逞しく、私たちが生きている日本、その言語の特質を理解し、日本独自の詩の創造を目指そうとする強い意志が感じられる。

日本独自の詩とは、日本独自の表記・表現を駆使したものではないだろうか。この観点から、宮沢賢治（1896年8月〜1933年9月）の「永訣の朝」を例に述べていきたいと思う。川路柳虹が講演したはるか前に宮沢賢治の『春と修羅』（関根書店）は刊行（1924年刊）されていた。それが宮沢賢治の生前出版された唯一の詩集であることから、いわゆる中央詩壇には、辻潤や佐藤惣之助が新聞・雑誌で取り上げていたが（筑摩文庫『宮沢賢治全集　9』299ページ参照）、十分に知られていなかったことが推察される。

二　宮沢賢治「永訣の朝」を例として

「永訣の朝」についての研究は、高等学校の教材研究も含め数多くなされており、国立国会図書館のオンライン検索でも、300編近く掲載されている、人気の作品である。「永訣の朝」が1922年11月27日の作品であることが、詩の末尾に記されている（筑摩文庫『宮沢賢治全集　1』159ページ参照）。ここでは『校本宮澤賢治全集第二巻詩1本文篇』（筑摩書房・１９９５年）から採りたい。読みやすくするため校注の〔　〕を外したところがある。

永訣の朝

けふのうちに
とほくへいつてしまふわたくしのいもうとよ
みぞれがふつておもてはへんにあかるいのだ
（あめゆじゆとてちてけんじや）
うすあかくいつさう陰惨《いんざん》な雲から
みぞれはびちよびちよふつてくる
（あめゆじゆとてちてけんじや）
青い蓴菜《じゅんさい》のもやうのついた
これらふたつのかけた陶椀《たうわん》に

おまへがたべるあめゆきをとらうとして
わたくしはまがつたてつぽうだまのやうに
このくらいみぞれのなかに飛びだした
　（あめゆじゆとてちてけんじや）
蒼鉛《さうえん》いろの暗い雲から
みぞれはびちよびちよ沈んでくる
ああとし子
死ぬといふいまごろになつて
わたくしをいつしやうあかるくするために
こんなさつぱりした雪のひとわんを
おまへはわたくしにたのんだのだ
ありがたうわたくしのけなげないもうとよ
わたくしもまつすぐにすすんでいくから
　（あめゆじゆとてちてけんじや）

はげしいはげしい熱やあえぎのあひだから
おまへはわたくしにたのんだのだ
　銀河や太陽、気圏などとよばれたせかいの
そらからおちた雪のさいごのひとわんを……
……ふたきれのみかげせきざいに
みぞれはさびしくたまつてゐる
わたくしはそのうへにあぶなくたち
雪と水とのまつしろな二相系《にさうけい》をたもち
すきとほるつめたい雫にみちた
このつややかな松のえだから
わたくしのやさしいいもうとの
さいごのたべものをもらつていかう
わたしたちがいつしよにそだつてきたあひだ
みなれたちやわんのこの藍のもやうにも

もうけふおまへはわかれてしまふ
(Ora Orade Shitori egumo)
ほんたうにけふおまへはわかれてしまふ
あぁあのとざされた病室の
くらいびやうぶやかやのなかに
やさしくあをじろく燃えてゐる
わたくしのけなげないもうとよ
この雪はどこをえらばうにも
あんまりどこもまつしろなのだ
あんなおそろしいみだれたそらから
このうつくしい雪がきたのだ
　(うまれでくるたて
　こんどはこたにわりやのごとばかりで
　くるしまなあよにうまれてくる)

おまへがたべるこのふたわんのゆきに
わたくしはいまこころからいのる
どうかこれが天上のアイスクリームになつて
おまへとみんなとに聖い資糧をもたらすやうに
わたくしのすべてのさいわひをかけてねがふ

（『春と修羅』所収・138〜140ページ）

①の例としては、「あめゆじゅとてちてけんじゃ」「うまでくるたて／こんどはこたにわりやのごとばかりで／くるしまなあよにうまれてくる」「ora」等のとし子の「方言」が多用されていることである。死に際の喘ぐようなとし子の切迫した身体から滲み出る生の声、一人旅立たねばならない自責の念が迸る。方言は、人の心を率直に生々しく語り出す効果がある。これが標準語に翻訳されたとしたら、作品の価値は下がってしまう。

また、

おまへがたべるあめゆきをとらうとして

の「あめゆき」は東北を含む地方の方言で、「みぞれ」のことであり、「あまゆき」と、母音交替して呼ぶこともある。「みぞれ」が何回も出てくるのに、ここであえて「あめゆき」と言っているのは、とし子の「あめゆじゅ」に対応させるためでもあったと思われるが、空から降り注ぐものと、とし子の口に入れるものとを明確に区別しようとする意図があったのかもしれない。

「あめゆき」（雨雪）ameyuki

↓

「天雪」amayuki

↓

「天上のアイスクリーム」

と繋がっていくように考えられる。「あま」と母音交替したとき、「天」そして、死に臨み出家する「尼」の姿も想起される。

二人称代名詞の「おまへ」は対等あるいは年下の親しい者に対する呼びかけであり、「あなた」の対等性は感じられない。「わたくし」という一人称代名詞も、繰り返し使われているが、誰に後ろ指さされることのない清廉潔白さ、まっすぐに生きてきて、そして生きていく作者の決意が迸る。「わたし」「ぼく」まして「おれ」の緩やかさはない。日本語はこの多様な人称代名詞にも特徴がある。

ここで「とし子」という呼称に疑問を感じる人もいるだろう。妹の本名は「トシ」であるが、宮沢賢治が日本女子大学校の寮に入っていた妹トシに宛てた葉書の宛名に、

宮澤とし子殿
宮澤トシ様
宮澤敏様

(『新潮日本文学アルバム　宮沢賢治』新潮社・2013年・22ページ)

などとあり、「とし子」という呼び名は、賢治自身の「わたくし」に対応する最も重々しい呼び名として選択されたことがわかる。

農業学者であった宮沢賢治の詩には、科学技術的ターム、分析眼が発揮されている箇所が多いことに気づく。

銀河や太陽、気圏などとよばれたせかいの
雪と水とのまつしろな二相系をたもち
やさしくあをじろく燃えてゐる

宮沢賢治の文学における「科学技術的思考」について、かつて私は『詩的言語論 JAPANポエムの向かう道』（２０１２年・国文社）で、次のように述べたことがある。

（1）科学技術のテクニカル・タームの使用
（2）自然現象の科学技術的分析（眼）の表出
（3）科学技術的・論理的分析を活用・加味した表現

（123ページ）

②の例としては、漢字・ひらがなは当然として、カタカナ（「アイスクリーム」）の使用の他、ローマ字で書かれた「Ora Orade Shitori egumo」のとし子の言葉がある。ここだけローマ字表記にすることで、たどたどしく喘ぎながら一音一音発するとし子の決意・諦念が漂う。ルビも多くふられ、読みやすい工夫がされている。

また科学的用語の「漢語」の硬質な響きも、詩全体を引き締めていると考えられる。「気圏」「二相系」「蒼鉛いろ」等である。と同時に、「和語」の柔らかいひらがなの響きも使い分けている。「とほくへ」「あめゆき」「つややかな」「さいわひ」等である。緊迫した場面を、ゆっくり読者を歩かせる。

③の「オノマトペ」については、童話での考察はすでに『宮沢賢治のオノマトペ集』（栗原敦監修・杉田順子編・ちくま文庫・２０１４年）にある。「永訣の朝」では、「びちよびちよ」が出てくる。

みぞれはびちよびちよふつてくる
↓
みぞれはびちよびちよ沈んでくる
↓
みぞれはさびしくたまつてゐる

病室にいるときの「ふつてくる」から、外に飛び出した賢治が目にした「沈んでくる」「たまつてゐる」と、「みぞれ」の描写で、行動と時間の経過をさりげなく表現している。

吉本隆明が、

宮沢賢治ほど擬音のつくり方を工夫し、たくさん詩や童話に使った表現者は、ほかにみあたらない。眼にうつる事象のうごきを、さかんに音の変化や流れにうつしかえようとした。

（『宮沢賢治』ちくま学芸文庫・１９９６年・331ページ）

と述べているが、そんなオノマトペの達人と呼べる宮沢賢治が、ここでは「びちよびちよ」という語を二度も使用していることから、暗く冷たいこの詩の背景がより強調される結果となっている。

④については、この詩では、明確に「わたくし」「おまへ」等主語が明示されていることが多いが、たとえば次のような箇所にその特徴をみることができる。

ああとし子
死ぬといふいまごろになつて
わたくしをいつしやうあかるくするために

こんなさつぱりした雪のひとわんを
おまへはわたくしにたのんだのだ
（中略）
はげしいはげしい熱やあへぎのあひだから
おまへはわたくしにたのんだのだ

「死ぬ」の主語が最初に提示されていなくても、「おまへ」であることがわかるが、このようにすることによって、「死ぬ」ということがより印象づけられる。

やさしくあをじろく燃えてゐる

ここでも、省略されていても「おまへ」が主語であることがわかるが、今まさに消え入ろうとする命の最期の妖しい輝きだけが、差し出されている。最初に主語が示されなくても、前後の流れで補完できる柔軟さが、日本語にはあると言える。詩での〈インパクト〉を重んじる観点からも、説明的な文脈に落とし込まれる主語の明示は、詩では避ける傾向があるのではないだろうか。

「永訣の朝」では、意識的な「助詞」「助動詞」の省略はないが、「あめゆじゆ（を）」と、「を」を省略していることで、妹の兄への甘え、子どものようにねだっている姿が思い浮かぶ。

⑤は、次の箇所が該当していると考える。

銀河や太陽、気圏などとよばれたせかいの
そらからおちた雪のさいごのひとわんを……
……ふたきれのみかげせきざいに
みぞれはさびしくたまつてゐる

「……」「……」の間合いで省略された、あるいは暗示された言葉を埋めることは可能かもしれないが、むしろこのまま味わうのがいいのだろう。「わたくし」「おまへ」と明示していく論理的かつ激しい思いの迸る流れの中で、澱む瞬間、逡巡する思いが描かれている。こうした自在な表現は、日本語ならではと思われる。

当時としては珍しい理系の科学者だからこそ、また、東北という地にいたからこそ、他の詩人たちと一線を画す、「近代詩」等の書きぶりに影響されない表現が生み出せたのではないだろうか。

三　宮沢賢治「永訣の朝」が可能にしたもの

日本語の表現の多様性が、宮沢賢治の「永訣の朝」で発揮されることによって、新しい日本詩の形が生み出されていると考える。

A　様々な声の造型

B　日本的土俗的表現の発見と表出

C　天上と地上のダイナミックな交感

今までの「近代詩」では、詩の声は一色であったと思う。それは、作者が歌い出す声である。その中に他者の声、しかも方言や音の表音文字のローマ字表記で厳密に入れ込むことで、臨場感が増す。「宮沢賢治」第15号（洋々社・１９９８年）で、岡井隆は、

賢治の作品は、重層的だといふ点で知られている。この重層性は〈意識の流れ〉をスケッチ（賢治の言ふ mental sketch）し、（あとから修飾 (modify) した時も、しない時もあらうが）次から次へと書きつけて行く過程で、深層から呼び出された声が書きつけられるために生ずるのだらう。（11ページ）

と述べ、「（　）」やローマ字表記に注目し論じられている。

また、方言を大胆に詩に入れ込むことによって、その地に確かに生きた人物の〈生々しい〉姿が浮かび上がる。むしろ現代詩では、よく見るようになった表現かもしれない。

宮沢賢治は科学的視点から、物事の事象を具体的に描き出す方法をとっており、自らの詩を「心象スケッチ」と呼んでいる。この「永訣の朝」でも、その姿勢は貫かれ、具体的に読者に五感を働かせ、作品に入り込ませる。立体的で広がりのある空間を存分に創り上げている。

他の詩人たちの追随を許さない「宮沢賢治ワールド」の入口に、私たちはまだ立っているのかもしれない。

文語詩の魅力（一）
―翻訳詩を巡って

一　甦る文語詩

テレビをぼんやり見ていた私の耳に、感性を打ち叩くように、「文語」が注ぎ込まれた。飲料水のＣＭで、宇多田ヒカルが大自然の中でペットボトルの水を飲み、本を開き、文語詩を朗読していたＣＭを記憶されている方も多いだろう。どこかストイックで、寂しげな響きがあった。最初白楽天か何か中国詩の漢文訓読かと思った。その言葉をウエブで調べると、国木田独歩（１８７１年８月～１９０８年６月）の『小春』という作品の中にあることがわかった。早速ネットで注文したら、翌日には届いた（『小春』２０１６年７月・ゴマブックス株式会社）。さすが関東である。沖縄とは違う。

「文語」が詩的言語として、現代でもかなりのインパクトがあって受け入れられる可能性を感じた。

二　国木田独歩『小春』について

『小春』は、「明治三十三年十一月」と末尾に記されていることから、明治4年生まれの国木田独歩が29歳頃の作品だとわかる。明治41年に肺結核で急逝する彼の、武蔵野での静かな生活の中で記されたエッセイである。

彼が若い頃からワーズワースを愛し、詩集には赤い線・青い線を引き、熟読していたことが繰り返し記されている。しかし、ここ数年間は遠ざかっていたことを後悔する。大分県の佐伯で、1年間教師をしていた頃は、自然を思う存分逍遥し、

自分が真にウォーズウォルスを読んだは佐伯における時

と書いている。ここ数年間は、

爾来数年の間自分は孤独、畏懼、苦悩、悲哀の数々を尽くした、自分は決して幸福な人ではなかった、自分の生活は決して平坦ではなかった。

と思い起こす。恋愛、結婚、離婚、再婚など、人生の大きな出来事を経験し尽くし、自分は「老熟」したという枯れた心境にまで至っていた。若き頃、「自然を愛し、自然を友として高き感情の中に住んでいた者」も実業家などになり、社会の成功者として名をあげている。自分の孤独を思わずにいられないのだろう。久しぶりにワーズワース詩集を手に取ると、あの頃のこと、自然の中で生きていた時間が甦る。

「兄さん」と独歩を呼ぶ同郷の画家を目指す小山という青年が訪ねてくる。彼もまた、医師を目指してほしいとの親の気持ちを裏切り、行方なく生きている人物である。二人散歩して、「君が春なら、僕は小春サ」と言う。「老熟」どころか、「半熟先生」と自らを揶揄する。彼の静かだが、激しい「哀情」の迸る作品である。100年以上前の作品であるが、彼の心にダイレクトに触れられた気がする。

三　ワーズワースの詩の引用箇所

宇多田ヒカルが朗読するＣＭの詩句は、

月光をして汝の逍遥を照らしめ、霧深き山谷の風をしてほしいままに汝を吹かしめよ。

という詩句である。原文では「照らしめよ」であるが、ＣＭでは、一つの繋がりを意識させるために、「照らしめ」となっていると思われる。ワーズワースの詩の一部を国木田独歩が翻訳した箇所である。これはワーズワースの、

Lines Composed a Few Miles above Tintern Abbey, on Revisiting the Banks of the Wye during a Tour. July 13, 1798

の長編詩の一部分である。岩波文庫『対訳　ワーズワス詩集』（山内久明編）では、「ティンターン修道院上流数マイルの池で―１７９８年7月13日、ワイ河畔再訪に際し創作」と訳されている。『小春』では、最初の部分で、

Man descends into the Vale of years.

が引用されていて、「人は歳月の谷間へと下る」と訳されている。この詩句もまた『The Excursion』の「Book9」の何百行もある長編詩の最初の50行目にある。国木田独歩は、途方もない量の原詩を読破できる実力の持ち主だったことがわかる。

四　文語訳と口語訳の比較

『Lines Composed ～』の該当部分は、終わりから26行目から始まる。国木田独歩の文語訳と前掲書岩波文庫の口語訳を比較したい。

（前略）Therefore let the moon
Shine on thee in thy solitary walk ;
And let the misty mountain-winds be free
To blow against thee ; and in after years,
When these wild ecstasies shall be matured
Into a sober pleasure ; when thy mind
Shall be a mansion for all lovely forms,
Thy memory be as a dwelling-place

For all sweet sound and harmonies ; oh ! then,
If solitude, or fear, or pain, or grief,
Should be thy portion, with what healing thoughts
Of tender joy wilt thou remember me,
And these my exhortations ! （後略）

〈国木田独歩訳〉

かるが故に、月光をして汝（妹）の逍遥を照らしめよ、霧深き山谷の風をしてほしいままに汝を吹かしめよ。汝今日の狂喜は他日汝の裏に熟して荘重深沈なる歓と化し汝の心はまさに凞しき千象の宮、静かなる万籟の殿たるべし。

ああ果たしてしからんか、あるいは孤独、あるいは畏懼、あるいは苦痛、あるいは悲哀にして汝を悩まさん時、汝はまさにわがこの言を憶うべし。

〈岩波文庫訳〉

月影が独り歩むあなたを照らし、
霞む山風があなたに吹きそよぐようにと祈ろう。
そして年経てのち、いまの猛々しい歓喜が
静かな喜びへと熟し、あなたの心が
ありとあらゆる美しいものの宿り家となり、あなたの記憶が
ありとあらゆる甘美な音と調べの住処《すみか》となるとき、
もしも孤独や恐怖や苦痛や悲哀を
あなたが味わうことがあるとしても、
優しい喜びと諭しとともに私のことを思い出すならば
あなたの心は癒されるだろう。

口語訳が洗練されて、現代の私たちに理解されやすいことは言うまでもない。ただ、

この口語訳が「詩的言語」にまで昇華される必要がある。何回もギアアップして、訳者が翻訳に熟達した職人のようなものから、一人の詩人として自らの言葉で再構築して差し出したとき、「詩的言語」として読み手の感動を喚ぶものになるのではないだろうか。まして、理解されやすい現代の欧米の詩人の訳ならば難しさは増すのではないだろうか。原文をいかに〈正しく〉翻訳したとしても、「詩的言語」にはほど遠い。訳者の文学性の発揮が求められる。

岩波文庫訳では2行目「ようにと祈ろう」が散文的で、いかにも口語訳という感じがする。後から2行目も「思い出すならば～癒されるだろう」が文法的に正しく訳した堅さがある。そもそもこの訳者グループは、文学性は初めから追究していないのではないだろうか。

国木田独歩の訳は、一人の詩人として「文語」を「詩的言語」にまで高めていると思われる。最初の「対句」でリズムを醸し出し、簡潔に作者の〈祈り〉〈願望〉を高らかに歌い上げている。「月光」「逍遥」「山谷」等の「漢語」の硬質な響きが、格調高さとスケールの大きさを表出している。「漢語」の響きが耳に心地よい。

この時代の人々はみんなこんな「文語」を使っていたという訳でもない。同時代の夏目漱石の文章が全く口語訳を必要とせず、洒脱な言葉で、高校生に理解されるのに対して、森鷗外の文章は堅苦しい漢文訓読体で、口語訳が高校生・大学生に売れているという。明治時代でも、文体の選択に文学者の個性が滲む。

1982年12月21日、私が博士課程の学生のとき、文法学者の橋本進吉博士生誕百年記念講演会（学士会館）に出かけたときのことである。講演される人のほとんどが、漢文訓読調で驚いた。一緒にいた台湾からの留学生が「この人たちの言葉は日本語ですか？」と聞いたので、「昔の日本語だよ」と答えた。威厳すら漂わせ、背筋をピンと伸ばした学者たちのような、頼もしい「日本人」は、生きのいい「文語」とともに絶滅したのかもしれない。服部四郎氏は『日本祖語の再建』（服部四郎著・上野善道補注・2018年5月・岩波書店）で、そのとき講演された「橋本先生の学恩―『元朝秘史』音訳漢字の使用法に言及しつつ」に触れられており（545ページ）、確かにその場にいらしたのだと実感した。瞼の奥にそっと残しておきたい。

「絶滅」してもなお、私たちの心にまっすぐに届くのは、「文語」の力であると思われる。ＣＭで流れることによって、現代の孤独・寂寥に苛まれる若者の心に、国木田独歩の文語訳は、爽やかな「清涼水」となって、注ぎ込まれたのかもしれない。長編詩の中で、国木田独歩が選び訳した箇所は、彼自身の心に最も響く内容であったのだろう。

五　堀口大學の翻訳

ヴァレリーの詩の堀口大學訳について、次に記す。「文語」が強く出ているものを選ぶ。

風神

人は見ね　人こそ知らね
ありなしの
われは匂ひぞ

風がもて来《こ》し！

人は見ね　人こそ知らね
偶然かはたは鬼神《きしん》か
来《こ》しと見しそのたまゆらに
業《わざ》ははてつる！

わが詩《うた》は人読《ひと》まず
人知らず
博士も解かず

人は見ね　人こそ知らね
シユミイズを替ふるつかのま
あらはなる乳房《ちぶさ》さながら！

（堀口大學訳『ヴァレリー詩集』株式会社ほるぷ出版・1982年刊・4～5ページ）

これは堀口大學訳『月下の一群』にも収められている作品である。

柔らかな「和語」で訳している。係り結びの「こそ―ね」（「ね」は打消の助動詞「ず」の已然形）や「ず」の多用、繰り返しで跳ねるようなリズムを生み出している。簡潔であることは「文語」の特徴であるが、「和語」を多用することで、私たちの心に入りやすい五七調のリズムが心地よい。「文語訳」は、原詩の作者の個性と訳者の個性とが化学反応して生み出す魅力がある。

現代の説明できない心の深い闇、募るばかりの不安を抱えた人々に、再び「文語詩」の、香り高い芸術性が響き始めるのかもしれない。堀口大學は、〈もう一つ〉の新たな日本詩を生み出そうとしている。

六　中原中也と堀口大學の翻訳の比較

中原中也にランボーの詩の翻訳がある。その中から最も短い「四行詩」を引用したい。

四行詩[*1]

星は汝が耳の核心に薔薇色に涕《な》き、
無限は汝《な》が頸《うなじ》より腰にかけてぞ真白に巡る、
海は朱《あけ》き汝《なれ》が乳房を褐色《かちいろ》の真珠とはなし、
して人は黒き血ながす至高の汝《なれ》が脇腹の上……

「汝」という漢字の読みを、こんな短い詩の中で「なんじ」「な」「なれ」の3種類の読みをしている。同じ音の繰り返しで、退屈な印象になるのを回避する工夫であろうか。「汝」が女であれば、最終行の「人」は男なのか、もっとわかりやすい訳はなかったのかという焦れったさが残る詩である。中原中也の訳であれば、それだけで価値はあるのだろうが、難解さは否めない。硬質な「無限」「核心」「至高」の漢語の響き、「星」「薔薇色」「真珠」など、美しいイメージのきらめく短詩となっている。

『新編中原中也全集　第三巻』の「解題篇」では、

「四行詩」という題名はベリションが便宜上付けたもので、もともとは無題である。内容的には「母音」と呼応するところのある詩篇であり、女体の各部が四つの色彩と対応しつつ、さまざまなイメージを呼び寄せ、視象を繰り広げるのである。

とあり、「薔薇色」「真白」「褐色」「黒き」と四つの色で女性の身体を表現している。

堀口大學にもこの「四行詩」の翻訳がある。柔らかな和語の使い手であることが歴然とする。

四行詩*2

別題ヴィナス生誕

星泣きぬ、ばら色に、汝《な》が耳の、奥の奥。
無窮まろびぬ白妙《しろたえ》に、汝《な》が首より臀《いしき》かけ。
朱真珠《あけまだま》海の置けるよ、茜《あかね》さす汝《な》が胸に、
かくてこそ男たち、黒々と血をしたたらす、たぐいなき汝《な》がわき腹に。

「無窮」とは、永遠の太陽のことだろうか。「まろびぬ」はゆっくりと砂浜の向こうに落ちていった、もしくは女の白い衣を首から臀にかけて光が濡らしながら落ちていったということだろうか。「朱真珠」は、夕陽に照らされた女性の乳房のことなのかもしれない。この翻訳でも、色彩が鮮やかに浮かび出ている。

原詩は同じでも、翻訳する人によって印象が変わり、翻訳の達人堀口大學の方が、わかりやすいことがわかる。

文語による「翻訳詩」の魅力は、

①　日本古語の香しい響き
②　漢語の硬質でストイックな概念
③　異国への憧れ

以上が混ざり合ったものではないだろうか。
萩原朔太郎の詩に有名な「旅上」という小品がある。

ふらんすへ行きたしと思へども
ふらんすはあまりに遠し
せめては新しき背広をきて
きままなる旅にいでてみん。

汽車が山道をゆくとき
みづいろの窓によりかかりて
われひとりうれしきことをおもはむ
五月の朝のしののめ
うら若草のもえいづる心まかせに。

（『抒情小曲集』より）*3

「ふらんす」と平仮名で記されることによって、原語に近い柔らかな音が耳に響き、日本人なら多くの人が等しく持っているであろう、芸術の都への燃えるような憧れが喚起される。同じ表音文字の「フランス」では、ただの外国の識別語でしかなく、「仏蘭西」では、ヨーロッパの美しい町並みを思い浮かべられても、憧れまでは無理である。「ふらんすへ」の「へ」に、とにかく「ふらんす」に行きたいのだという切実な思いが溢れる。季節も「五月」、東の空がようやく明るんできた頃、若草が萌えいずるように、旅への熱い思いが湧き上がってくる。

現在のように気軽に異国に旅立てる時代になっても、島国の日本に住む多くの人々は、この詩に共感するのではないだろうか。まだ見ぬ異国、それゆえ憧れも否応なく膨らんでいく。

文語による「翻訳詩」は、そうした私たちの心を刺激する、巧みな詩人たちによって、量産されるに至ったのだろう。

＊1　『新編中原中也全集　第三巻　翻訳』（2000年6月・角川書店）92ページ

＊2　堀口大學訳『ランボー詩集』（1951年10月・新潮文庫）84ページ

＊3　『日本の詩集5　萩原朔太郎詩集』（1968年8月・角川書店）186ページ

文語詩の魅力（二）

―島崎藤村「千曲川旅情の歌」

一　一つの詩となった「千曲川旅情の歌」

島崎藤村（1872年3月～1943年8月）の自選『藤村詩抄』（1927年）では、『落梅集』の「千曲川旅情の歌」は、「一」と「二」と分けられてはいるが一つの詩として構成されている。それ以前では、別々の作品として雑誌に発表され（1900年4月）、「一」は初題「旅情」、後に「小諸なる古城のほとり」と改題され、「二」は初題「小吟」、後に「千曲川旅情の歌」と改題され、『落梅集』に収められた。吉田精一氏は、

この二作品が、連絡ある作品としての意味を並べ置かれたのは大正六年の改刷版

『藤村詩集』からであるが、この場合でも別題をもった別々の作品として扱われている。大正一一年刊行の『藤村全集』でも同じであったが、この『詩抄』になってはじめてこれを一篇の作の第一、二章と見たのである。この例一つを見ても、この『詩抄』が単なる抄本ではなく、一つの意味をもった刊行書であることを証明するであろう。

（『藤村詩抄』岩波文庫・解説より）

と述べている。多くの人々に知られている藤村の詩の一つである「千曲川旅情の歌」が、『藤村詩抄』で、「一」「二」と初めて一つの詩として構成された意味を、「文語詩」の魅力とともに考えてみようと思う。

二　打消の助動詞「ず」――〈ないもの〉を幻視する

「一」の詩を記す。以下本文は岩波文庫『藤村詩抄』である。

小諸《こもろ》なる古城のほとり
雲白く遊子《ゆうし》悲しむ
緑なす蘩蔞《はこべ》は萌えず
若草も藉《し》くによしなし
しろがねの衾《ふすま》の岡辺
日に溶《と》けて淡雪《あわゆき》流る

あたゝかき光はあれど
野に満つる香《かおり》も知らず
浅くのみ春は霞《かす》みて

麦の色わづかに青し
旅人の群《むれ》はいくつか
畠中《はたなか》の道を急ぎぬ

暮れ行けば浅間《あさま》も見えず
歌哀《かな》し佐久の草笛
千曲川《ちくまがわ》いざよふ波の
岸近き宿にのぼりつ
濁《にご》り酒《ざけ》濁れる飲みて
草枕しばし慰む

（168ページ）

藤井貞和氏が『日本文学源流史』（2016年2月・青土社）でも引用している（350ページ）、折口信夫の「詩語としての日本語」（『折口信夫全集12』中央公論新社・1996年）では、藤村の「椰子の実」を挙げ、次のように記している。

藤村の事業は、古語が含んでゐる憂ひと、近代人の持つ感覚とを以て、まづ文体を形づくつたのである。さうした処に、思想ある形式が完成した。詩の品格は、そこに現れた。

近代詩として、「日本語」による完成された詩の誕生をそこに見ることができると激賞していると思われる。藤村の詩の流れるようなリズムと、〈哀愁〉をかきたて、高らかに、しかし、自然で平明な言葉の繋がりが「千曲川旅情の歌」にもある。

「二」の詩では、打消の助動詞「ず」が多用され、大きな役割を担っている。〈ないもの〉を連ねていくことで、幻視しては打ち消して、かすかにあるものを際立たせていく、その手練手管が見事である。

「繁蔞は萌えず」「若草も藉くによしなし」「香も知らず」「浅間も見えず」とわざわざ〈ないもの〉を描くことによって、記憶に残るものを呼び覚まさせる。雪解けの、キラキラ光る日差しの中、春の萌えいづる気配が溢れている。旅する人々の群れが、視界を横切っていく。作者もまた、その一人である。「濁り酒」の「濁り」と共に、千曲川の辺の草笛の〈音〉、萌えいづる植物の色もまた喉に流し込んでいる。

ここでは「ない」という強い否定語より、「ず」という文語がふさわしい。後に繋がっていく、弾みのような響きが残る。これだけ「ず」が多用されても、煩わしく感じられないのはそのせいであると考えられる。

三 〈あるもの〉の肯定から〈あったもの〉への郷愁

二

昨日またかくてありけり
今日もまたかくてありなむ
この命なにを齷齪《あくせく》

明日をのみ思ひわづらふ

いくたびか栄枯の夢の
消え残る谷に下りて
河波のいざよふ見れば
砂まじり水巻き帰る

嗚呼《ああ》古城なにをか語り
岸の波なにをか答ふ
過《いに》し世《よ》を静かに思へ
百年《ももとせ》もきのふのごとし

千曲川柳霞《やなぎかすみ》みて
春浅く水流れたり

たゞひとり岩をめぐりて
この岸に愁《うれい》を繋《つな》ぐ

（169ページ）

「二」では、一転して〈あるもの〉の肯定がまっすぐに歌われる。第1連目は、昨日も「かくてありけり」、今日も「かくてありなむ」と、どんな激動の時代も逞しく生き抜いてきて、一見〈平凡〉に見える日常の、のどかさが垣間見える。「けり」は過去の助動詞、「なむ」は「な」（強意の助動詞「ぬ」の未然形）＋「む」（推量の助動詞）で、昨日も「そうであった」、今日も「そうであるにちがいないだろう」という意味である。

思い出してみれば、そんな日々の積み重ねであったと。それなのに、人は「明日」「明日」と慌ただしく追い立てられ、心配ばかりしている。現代の人々のスマートフォンに書き込まれたスケジュールは、増えるばかりである。そうせざるを得ないのが現代人である。特に疫病が世界的に蔓延している現在、不安と恐怖に押し潰されそうな人々も多いだろう。

この命なにを齷齪
明日をのみ思ひわづらふ

本当はいつの時代も、「明日」の命さえわからないのである。そうなったらなったらのこと、とサバサバ思い定めることができればどんなによいだろう。
千曲川の変わらぬ岸辺、せせらぎ。「春浅く」で、「一」の詩と季節が一続きであることがわかる。

過し世を静かに思へ
百年もきのふのごとし

「百年」などではなく、もっと何百年も昔まで、思い起こすことができるだろう。そんな長い年月も、まるで「昨日」のことのように鮮やかに思い起こしてみる。「過し世」

は、今そこにあり、私たちの現実に深い影を落とす。
こんな思いもまた、「一」の「遊子」であればこそである。時間に追われ、猥雑な日常にどっぷり浸かり、あらゆることに束縛されている環境から離れ、のびのびと旅をした心境から生まれるもののような気がする。しばらく旅をしていない人々にも、旅の疑似体験をさせてくれる詩でもある。

昨日またかくてありけり
今日もまたかくてありなむ

「文語」の簡潔な表現、「けり」「なむ」という短い言葉での切り返しが、詩句を記憶に刻み込んでいく。

四　一つの詩となった理由

「一」は自然を旅する者の愁い、「二」は生きている者の愁いが重く響いてくる。小諸を旅する者の、歩くようなゆっくりとした調べに、乗り遅れる読者はいないだろう。私たちが言葉をかみしめ、時に声に出し、詩を味わうことがある。平易な言葉、喚起しやすい映像ならなおさらである。その点で、藤村の「千曲川旅情の歌」は、万人に愛される優れた普遍的な詩であると思われる。

人は時に旅をし、しかし、いつかは日常という逃れられない現実に戻っていく。「一」は旅人として、「二」は戻らなければならない日常をもった人としての思いが歌われている。「一」「二」を一つの詩として読み通すことにより、「旅」をする者のリアリティが増すと考えられる。単なる「叙景詩」「叙情詩」に終わることなく、生き方にも触れた、生々しく読者の心に刺さる詩となっている。先に引用した折口信夫の指摘の「近代人の持つ感覚」を表出した、作品の一つであると考えられる。

藤村は、その領域に踏み込む意図で、「一」「二」を一つの詩として構成したのではないだろうか。「文語」としての「古語」「歴史的仮名遣い」を用いながら、時代的には当然の表記ではあるが、『藤村詩抄』初出から90年以上経っても、むしろそれが魅力となって、現代にも言葉が響き続けている。

厳しい現実に翻弄される現代人には、「二」の最初の連は、特効薬のようなものとなるのではないだろうか。

日本詩の音

一　雨音（一）

カルキ匂うきみのくちびるなめながら雪になれない雨音をきく

（上條翔著『エモーショナルきりん大全』書肆侃侃房・２０２１年10月刊より）

「雪になれない雨音」で、多くの日本人は冷たくて重い霙の「びちょびちょ」といった音を呼び覚ます。

宮沢賢治の「永訣の朝」では、そのオノマトペが繰り返し使われ、重々しい逃れられない状況をよく表していた。単なる現実の音の表象ではなく、心象風景そのものを鮮やかに描き出している。宮沢賢治も聞き、妹のとし子も聞いていた。「永訣の朝」には、このねばつくような重々しい「雨音」がずっと流れ続けていた。この「雨音」は、ぬかるみに溶け込み、際限なく反響し跳ね返る音のような気がする。

この短歌は、〈嗅覚〉〈触覚〉〈聴覚〉を刺激する。「カルキ」とは、「次亜塩素酸カルシウム」のことで、水道水に含まれている。この「きみ」は、たっぷり水道水を飲み干した後のように思われる。こうしたところにもぎらぎらと渇望した若さが感じられる。欲望のまま「きみ」のふっくらした唇をなぞるように嘗める男の子は、雨音を耳に注ぎ込んでいる。自分たちが、自然界の一部として溶け込んでいくような静けさ、充足感に包まれている。この「雨音」は、アスファルトを打ち叩く、乾いた力強いデジタル音のような気がする。後を引かない、リズミカルな響きである。そこには何の悲壮感もない。雨音も一粒一粒味わっているような冷静さがある。昔のようなガツガツした若者の姿は表面には現れていない。

二　雨音（二）

中原中也（1907年4月〜1937年10月）の詩に「六月の雨」という詩がある。

六月の雨

またひとしきり　午前の雨が
菖蒲のいろの　みどりいろ
眼《まなこ》うるめる　面長き女《ひと》
たちあらはれて　消えてゆく

たちあらはれて　消えゆけば
うれひに沈み　しとしとと
畠《はたけ》の上に　落ちてゐる

はてしもしれず　落ちてゐる

お太鼓叩いて　笛吹いて
あどけない子が　日曜日
畳の上で　遊びます

お太鼓叩いて　笛吹いて
遊んでゐれば　雨が降る
櫺子《れんじ》の外に　雨が降る

（『新編中原中也全集第一巻』角川書店・２０００年・160～161ページ）

七音七音、七音から五音を基調とする、軽やかなリズムで記されている。「しとしとと」「またひとしきり」「はてしもしれず」降り続ける春の長雨が、晴れやらぬ心の〈愁い〉をより深めていく。「面長き女」は、古風な瓜実顔の美しい人なのだろうか。若葉の緑をさらに鮮やかに輝かせて、雨が降る。雨の中からふっと現れて、また、消えていく美しい女。それは作者が呼び込んだ幻影なのかもしれない。捉えきれずすり抜けていき、ただ雨だけが降りしきる。後の二連は、小唄の囃子のような、ナンセンスな〈締め〉なのかもしれない。この詩でも、「雨」という背景が重要な役割を果たしている。

「畠」に囲まれた家、「櫺子」で仕切られた窓、「太鼓叩いて」「笛吹いて」の子ども遊びなど、今は懐かしい日本の風情がふんだんに感じられる。本稿の主旨とは違うが、詩が私たちの生活や時代を反映する、反映してしまうことで、後の世の人が読んで、違和感、陳腐さを感じることがあるのではないだろうか。だからといって、それらをすべて排除して詩を書くことはできないと思う。その詩が書かれた時代背景を明確に理解した上での鑑賞が必要になってくる。

「雨の名」は、『雨の名前』（高橋順子文・佐藤秀明写真・小学館・２００１年）によれば、「春」「夏」だけでもかなり日本にはある。

【春の雨】「育花雨」「梅若の涙雨」「蛙目隠」「寒明の雨」「甘雨」「寒食の雨」「杏花

雨」「草の雨」「紅の雨」「啓蟄の雨」「迎梅雨」「紅雨」「膏雨」「膏霖」「高野のお糞流し」「木の芽雨」「催花雨」「桜雨」「社翁の雨」「春雨」「洗街雨」「暖雨」「菜種梅雨」「発火雨」「花時雨」「花時の雨」「花の雨」「春時雨」「春驟雨」「花霙」「春夕立」「彼岸時化」「麦食らい」「山蒸」「愉英雨」「雪解雨」「養花雨」「沃霖」「立春の雨」他
【夏の雨】「白雨」「青時雨」「青葉雨」「汗疹枯らし」「一陣の雨」「一発雨」「雨濯」「卯の花腐し」「梅時雨」「梅の雨」「大抜け」「脅し雨」「御雷様雨」「夏雨」「かたばたあみ」「神立」「旱天の慈雨」「喜雨」「樹雨」「狐雨」「狐の嫁入り」「銀竹」「くかるあまーみ」「薬降る」「黒風白雨」「さづい」「五月雨」「山賊雨」「慈雨」「新雨」「瞋怒雨」「翠雨」「日照雨」「大雷雨」「田植雨」「宝雨」「筍梅雨」「端的雨」「墜栗花」「茅花流し」他

これだけ多くの「呼び名」があるということは、それだけ多くの微妙な違いのある「雨」が各地にあり、それに包まれていた地域の風景や香りがあるということになる。それによって「雨の音」もまた、多様な音色を醸し出しているのだろう。

三　川音

嵯峨信之（1902年4月～1997年12月）の詩には、「川」が比喩も含めるとよく出てくる。「利根川」「水辺」「川ぎしの歌」「大淀川」「生命の河」「河岸にて」「ながれ」「無名の川」「掌上噴水」等である。未発表詩編も加えるともっとあるだろう。ここでは「無名の川」を引用したい。

無名の川

死への途上に
大きな川が流れている
ふるさとの方角へ流れている無名の川だ

その岸で
狂人は無口になり
盲者は地面に低く蹲踞まる
女は泣きじやくりながら走りさつてゆく

昼も夜も
遠くに川の響《ママ》がきこえる
かつて一緒にその川を遠望したもののだれかれが
いつか川を越えていつてしまつた

ただひとり残つているぼくが詩に憑かれるのは
魂のなかをながれるその川の名を知ろうとするからだ
ぼくが死につよく心ひかれるのは
その川を超えていつた人々がそこに立つているからだ

朝も夕も
遠くに川のながれる響きがする

（『嵯峨信之全詩集』思潮社・２０１２年・295〜296ページ）

死への川といえば「三途の川」が思い浮かぶが、「ふるさとの方角に流れている」「魂のなかをながれる」ということであれば、「三途の川」ではないらしい。死とは何か、どうして人は生きるのか、日々問い続ける詩人には、その問いそのものが「川の響き」として聞こえてくる。「ただひとり残つているぼく」の定めと受け止めて、問い続ける旅を続ける。

この詩は『開かれる日、閉ざされる日』（詩学社・１９８０年）に収められている。作者78歳の頃の詩集であり、多くの仲間たちが旅立ち、また、自らの死も近いと実感したのであろう。95歳という長寿で逝った彼は、それだけ多くの死と出会うことになる。私は詩の会でお会いしたことがあるが、誰の手も借りず、凜として佇んでいらした姿に、尊い詩人の在り方を学んだ。

日本にはたくさんの川が流れている。現実にも、私たちの記憶の中にもあって、それは豊かに流れ続けている。「川」は、その流れる響きこそが、人の心にひたひたと染み込んでいくのかもしれない。

四　雷鳴

田村隆一（1923年3月～1998年8月）の詩に「開善寺の夕暮れ」という詩がある。

開善寺の夕暮れ

雷鳴の沈黙に
日と夜は裂かれ

百舌の嘴は裂かれ
蛇の舌は裂かれる
寺院は崩壊せよ　それゆえに
信仰があるのだ
鉄斎の山獄図は裂かれ
われらの心を裂く　信州
上川路の秋ははじまるのだ

（『田村隆一詩集』思潮社・1968年・33ページ）

「雷鳴」が轟き、落ちた後、次へのさらに大きな雷鳴のために、空のあらゆるエネルギーを吸い取って準備している「沈黙」の不気味さが甦る。滑らかに移行するはずの「昼」と「夜」が唐突に分けられる。すべてのものを叩き潰し、焼き滅ぼしてしまいそうな、底知れない恐ろしさ。夏の終わりを告げ知らせる「雷鳴」は、私たちが幾度も経験しているものである。たとえ「信仰の場所」である「寺院」が崩壊したとしても、心の中の

「信仰」まで失われることはないということだろうか。

集合住宅に住む人々は「雷」の恐怖とは無縁かもしれないが、木造家屋に住む人々は、「雷」が鳴る度に、身を縮めて過ごしている。大きな光とともに「雷鳴」が轟き、爆音のような「落雷」の音で、心臓が止まりそうになる。旅の途上の丸腰の人にはなおさらであろう。

かみなり　石原吉郎

きっと　なにかが
おちた
なにかの
なにかがおちた
いなずまの
すばやいあしあとへ

そっくりおちた
おちてちいさな
鬼となって
わっとばかりに
四方へ散った
こぶしをにぎった
鬼となって
おちるなにかが
まるまるとおちた

（『満月をしも』から）*

石原吉郎（１９１５年11月〜１９７７年11月）の詩の場合は、雷が大音響で一気に落ちる音が、映像化を伴って描かれている。落雷の一瞬がとらえられている詩である。

「雨音」に耳を澄ませ、「川」の流れを鮮やかに心に甦らせる。「雷」など自然界の恐ろしさに感性を増幅させる。「日本詩の音」は、さらなる分析が可能であると私は考える。欧米の人には雑音としか聞こえないものにも、詩情を感じ、かすかな音、その余韻までもすくい取る繊細な耳を私たちは持っている。

＊『石原吉朗全集Ⅰ』（花神社・1979年12月）461～462ページ

〈声〉の詩

一　「おもろ」の労働の声

琉球語も長く「口承」の時代を経て、16世紀以降記載され、『おもろさうし』として結実した。神とともに生き、「王」を崇拝し、祖霊を敬う沖縄の人々の生き方は、現在にも脈々と流れている。当時の庶民の労働を謡った「おもろ」（＝ウムイ）の中には、当時の人々の声が生々しく迸るものがある。数字は通し番号、「一」は謡い始め、「又」は繰り返しを表す。

728一　弥《や》に　弥《や》　走《は》れ　ゑおい
ちよろめへ　ゑい

やうら　やうら　やうらへ　ゑおい
やうら　やうら　やうらあ　ゑおい
やうら　やうら　やうら　ゑおい
やうら　やうら　やうら
あゑい　ゑおい
又弥《や》に　弥《や》　走《は》れ　ゑおい
ちよろめへ　ゑい
やうら　やうら　やうら　ゑおい
やうら　やうら　ゑおい
やうら　やうら　やうら
あゑい　ゑおい
又弥《や》に　弥《や》　走《は》れ　ゑおい
ちよろめい　ゑい
やうらや　やうら　やうら　ゑおい

やうら　やうら　やうら
あゑい　ゑおい

（外間守善校注『おもろさうし』（上）岩波文庫482〜483ページ）

全体が船漕ぎのかけ声でできている。古代の遣隋使船・遣唐使船も、動力は漕ぎ手の力であった。大勢で息を合わせ漕ぐことで、船は前に進むことができた。外間氏の校注を参照すると、「弥《や》に　弥《や》　走《は》れ」は、「船よ、いよいよ、ますます、勢い良く走れ」（「船」は補足したか）の意、「ゑやい」「ゑおい」「あゑい」「ゑい」「やうら」は漕ぎ手の発するかけ声のバリエーションである。同じかけ声で単調になるのを避けるために、少しの変化を加えているのだろう。

このかけ声も、アイヌ語と同様、正確に写すなら「音韻記号」が必要になるだろうが、当時の人々が耳で捉えた「表音記号」（＝ひらがな・カタカナ）で書き表すのが精一杯だったと思われる。

ここには古代の琉球の人々の声が表記されている。間違いなくある音調を伴って声を合わせて歌うことで、船倉から労働の巨大な力が生み出されたことが想像できる。「古典」と言われているものの多くは、『万葉集』の一部の防人歌や東歌、「詠み人知らず」等を除いて、庶民の姿を映し出しているものは少ない。まして、声を写しているこの「おもろ」は貴重な資料ではないかと思われる。「書き言葉」までの時間が長かった分、声として保存・継承されたのではないかと思われる。

二　雨乞いの「おもろ」

1546 一　やとりこしらいや
めす川《かわ》の　真《ま》清水《さうず》
乞《こ》ゑが　おわち
又杜《もり》のこしらいや
又みるや轟《とゞ》ろきや

又かなや轟《とゞ》ろきや
又按司《あぢ》　栄《はや》す　鳴《な》り清《きよ》ら　降《お》るち
又主《しよ》　栄《はや》す　なよす　捧《さゝ》げて

（前掲書（下）439ページ）

〈外間守善氏口語訳〉

やとりのこしらい神女が、杜のこしらい神女が、お祈りをします。めす川（井泉の名）の清水を乞いにいらっしゃって雨乞いをします。天上のみるや・かなやの水音の轟きは、待ち遠しいことです。按司、主を盛んにする鳴り清ら、なよすを降ろし、捧げて、雨乞いをします。

外間氏の校注によると、「やとり～こしらい」までが神女の名前である。「みるや・かなや」は、天上の水の轟きのオノマトペらしい。「鳴り清ら」「なよす」は鼓の美称とのことである。「按司・主」の管理する土地を豊かにし、民が飢えることのないように、鼓をならし、天上の水音を地上に導き入れる大切な儀式での歌である。これもある種の音調で歌われ、もしかしたら、踊りも伴って、継承されていたのかもしれない。

天上の、人間の手の届かない自然界への願望は、民の生活に密着した切実なものであればあるほど、芸能性は高まり、継続して行われ、継承されていくものであるのだろう。ここでは言葉は、予祝し、望ましい結果をもたらす呪術性を帯びたものになる。神に真剣に対峙するとき、人の発する声が、思いを届ける唯一の手段となる。

三　現在の民間神事の声

現在でも神に願いを届ける言葉は、脈々と流れている。たとえば長野県の伊那谷の「コト八日行事」というのがある。2月の初め、村人の無病息災・疫病退散を祈る行事で、400年もの歴史がある。国の選択無形民俗文化財に指定されている。現在では子どもたちだけで実施され、1日目は家々を回り「疫神」を念仏を唱えながら「幣束」(三枚の色紙で作った紙垂《しで》を竹の棒に挟んだもの）に憑依させ集める「コト念仏」と、翌日地区境まで「幣束」を捨てに行く「コトの神送り」からなる。口伝えの念仏は、

こうみょう　へんじょ　（光明遍照）
にっぽ　つかいねん　（十方世界　念）
ぶっしょう　せいしくしょ　（仏衆生　摂取不捨）
なんまいだ　（南無阿弥陀仏）
なんまいだ　（南無阿弥陀仏）

おーくりがーみょ　おーくれよ
なーに　がみょ　おーくれよ
かーぜのかーみょ　おーくれよ
どーこ　まーでー　おーくれよ
ほーえんざかまで　おーくれよ [*1]

であり、覚えやすく唱えやすいように、柔軟にアレンジされたのだろう。400年続く行事、それ以上続く行事は日本各地にあると思われる。どんなに科学技術が進歩しても、人間の力の及ばないものに対して立ち向かおうとするとき、神に祈ることは、小さく力弱い人間にできるすべてなのかもしれない。

この「コト八日行事」は、疫病神を人間の手で退散させるというアグレッシブな行動に他ならず、良いことがこれから起きますようにという切実な願いが感じられる。

アイヌ文化でも、「唱え言による魔払い」が行われており、

タクサは、日本語で「採り物」を挿す「手草」が借用されたと考えられ、主として建物や人体に入った魔物を追うために用いられる。樺太ではイナウ（木幣）を用い、北海道ではヨモギやササ、マツ、タチイチゴを束にして用いるなど素材はさまざまである。*2

（599ページ）

「依り代」となる材質・形状は様々であるが、取り憑いた「疫病神」「悪魔」を退散させるささやかな人々の営みが、各地で何百年も、あるいはそれ以上続けられていたのだろう。

四　〈声〉の復権

詩（詩的言語）が、ある音調を伴って歌われ、語り継がれた場合は、何百年という時を超えて、継承されやすいのではないだろうか。「書かれる」ことによって、記録された場合、記憶には刻み込まれにくいように思う。

鮎川信夫が『現代詩作法』[*3]で、

現代詩の一つの特徴は、読む詩として書かれていることにあります。読む詩とは、考える詩のことであり、歌う詩であった過去の詩と比較すれば、それはかなりきわだった対照をなしていると言えましょう。

なぜ、過去の歌う詩から、今日私たちが読むような考える詩へと変化してきたかということは、詩に対する個人的、社会的要求が過去の時代のそれと変わってきたからであり、いわば詩に対する時代の好みが移ったためだと思われます。

（11〜12ページ）

と書いているが、社会的・時代的に、人々が共通の感情を持ち得た場合には、歌う詩が数多く生み出され、支持されるのかもしれない。それがかなわないくらい固有な立場に置かれた個人の心情・思想を表現する場合は、書く詩が多く生み出されるのかもしれない。これは、古代歌謡とその後の詩歌との関係に似ている。

ただ、鮎川信夫のように、現代詩は書く詩であると断定することにはためらいがある。「現代詩」にも、歌う詩があり、声に出して歌われることを想定しながら書かれたと思われる詩も多いのではないだろうか。質も高く、書かれ読まれるだけの詩と遜色ないまでの作品も多いと思われる。[*4]

現代は「耳」でも「目」でも、文学作品を堪能する時代に入ったと思われる。現代詩も遅れをとってはならない。

現代、〈言葉の力〉は、衰えてはいないと考える。詩人は、その言葉の力を神女のように呼び覚まし、自在に動かす存在でありたい。詩をどのように声で表現するか、それがより効果的になるよう工夫して詩を生み出し、演出できる力量が、詩人に求められていると考える。「メディア・ミックス」の時代、レーザーやプロジェクション・マッピングや音響を使った、「見せる詩」「聞かせる詩」は進化し続けると考える。

＊1　『風の神送れよ』（熊谷千世子著・小峰書店・2021年10月刊）参照
＊2　『アイヌ文化史辞典』（関根達人・菊池勇夫・手塚薫・北原モコットゥナシ編・吉川弘文館・2022年6月）599ページ
＊3　荒地出版社・1958年
＊4　吉増剛造や鈴木東海子などの詩

〈故郷《ふるさと》〉に眠るもの

人はいくつになっても〈故郷〉を忘れない。年を重ねるにつれ、その思いは強くなっていくように思える。帰れるものなら帰りたい。しかし、いつまでもそこに生きた肉親と呼べるものがいるとは限らない。「実家」さえも空き家となり、あるいは取り壊されていて、駐車場になっていることも珍しくはない。故郷は、自然の風景、関わりのあった人々との記憶、幼年時代への郷愁など様々な思いが絡み合っている。それを、いつまでも忘れたくない自分がいる限り、故郷は存在し、幾度となく甦り続けるのだろう。

ぶぅぶぅ紙を…

新川和江

ぶぅぶぅ紙を

ぶぅぶぅ吹いてた
かぞえ年　九つの頃

若い叔父が
買いたての本の表紙から
惜しげもなくはずしてくれた　パラフィン紙
くちびるを押しあて
鳴らし方も教えてくれて

赤紙一枚で叔父は戦地に駆り出され
骨も帰って来なかった
父母の墓にも苔《こけ》が生えた
久しぶりに帰省し　香を焚《た》き
けむりの行方を目で追うと

青空の深いところに
ちかちか　ぴらぴら　光るものがある
ぶぅぶぅ紙のような
苦い粉ぐすりを包んで飲んだ
オブラートのような…

若しかして
あれがまだ残っているわたしのいのち
叔父の分も含めての　いのちであるなら
ぶぅぶぅ紙を
ぶぅぶぅ鳴らして
いましょうか　今しばらく

（新川和江著『ブックエンド』２０１３年10月・思潮社）

新川和江（1929年4月～）の故郷は茨城県結城市で、「帰省」できる場所もある。そこに帰ることとは、〈死者〉と向き合う瞬間でもある。自らの残りの時間を実感するのは、老年の常であるが、いつまでなのか気になる。しかし、まだまだ眠るには早い。

2021年11月21日、結城市民情報センターで、「いばらき詩祭2021 in 結城―詩人　新川和江の世界―」を茨城県詩人協会が主催した。新川和江氏は、足腰が悪く出席できなかったことを知った市民一人が、残念がって途中で帰られた。郷土の詩人に一目お会いしたかったのだろうと思う。詩人は、できるだけ健康で長生きして、このようなファンを喜ばせることも大切な仕事ではないかと思った。

□…みんないる　与那覇幹夫

みんな行って
みんな帰ってこなかった

あの八月　のように
（高校を卒業すれば――）
四月　みんな島を出て
みんな帰ってこない島

そう、そんな故里の白い風車《かざぐるま》
あの畑垣《はたがき》の　くちなしの香りが
時おり私を　ふぁーんと　つつみ
つかのま島に　つれ帰ったりする。

かつて畑垣は　台風《くるいかぜ》と抗《あらが》い
私たちの命を　ふんばり支えたが
くちなしの　時おりのおとないは
犬のよう　異土をさまよう私を

何やら、案じてであろうか。

耳を澄ますと
島には
みんな　いないけれど
みんな　いると
くちなしが　つぶやく
　のが　きこえる。

（与那覇幹夫著『ワイドー沖縄』2012年12月・あすら舎）

小熊秀雄賞と小野十三郎賞をダブル受賞した詩集に収められている作品である。宮古島出身の与那覇幹夫（1940年1月〜2020年1月）は、いつも何かに怒っているような激しい口調である。私の個人的な印象であるが、1音1音を明確に発音するのは、沖縄の人に特有のものであるように思う。隷属の屈辱の歴史も、まだ生々しい現実である。

この詩の作者朗読を聞いたが、身振り手振りで、吐き捨てる檄文のような響きは、私のようにぼんやり生きている者にも、胸にじかに響いてくる。故郷を遠く流離った与那覇氏にとって、故郷は記憶に刻み込まれた身体の一部のようなものではないだろうか。いつでも呼び覚ませる、そして、いつでも疼き出すものなのだろう。特に離島に生まれた者は、学校に入学するため、または就職するため、島を離れなければならないことが多い。それだけに、故郷への思いは身を引き裂かれるような痛みを伴う。彼の最後の詩集『時空の中空で』（あすら舎・２０１９年）は、他界後、最終となった三好達治賞を受賞した。

彼が世を去って何年も経ったが、私がくずおれそうになったとき、次から次へと詩の情熱を語る彼の声が耳に木霊する。

五月の帰郷　　杉谷昭人

母はわたしにイノシシ語で語った
わたしがイノシシ年だったから

熟れた木の実の見分け方を
風のくる方角とその気配の意味を
母は訥々と語った
冬はいつももうそこまで来ていた

弟はウシ年だったから
母が弟に語ることばはウシ語だった
二月の牧場の土には芽ぐむものの兆しがあり
涸れた小川には水が滲みはじめていることを
母はいちにち語りつづけて
わたしたちは空腹を忘れてそれに聞き入るのだった

夜中に目が覚めると母はウサギ語で語っていた
母は出征中の自分の兄に語りかけているのだった

伯父さんはウサギ年だからやさしいのよ
それが母の口ぐせだった
南の島からまだかえってこない伯父さんの
そのすがたを想像しながらわたしたちはまた眠った

そして仔牛の初セリの日に
伯父さんの軍用雑嚢だけがかえってきた
汗くさい背当て一面に血の痕がついていて
右のポケットには焼けこげの穴がふたつあった
左には動物の顔をしたボタンがついていたが
それが何の動物か　何の木の実かは分からなかった

そしてまた五月　初セリの日がやってきた
わたしたちはこの日を伯父さんの命日に決めたのだ

しかし今日　セリ市の広場に仔牛の影は見えぬ
基地の町は口蹄疫に襲われて
町じゅうの牛が殺処分を黙って待っていて
その上をジェット機の爆音だけが過ぎていった

（杉谷昭人著『農場』２０１３年９月・鉱脈社）

宮崎市在住の詩人、杉谷昭人（１９３５年１月～）の詩である。戦争や敗戦の代償、伝染病は、庶民を否応なく巻き込む、冷酷な現実である。いくら抗っても抗いきれない。大災害もまだ同じである。つつましく生きている、ささやかな故郷での暮らしは、いともたやすく踏みにじられる。伯父さんの、帰って来るはずの場所であった故郷は、不幸に見舞われている。

しかし、故郷は、帰る場所であり、眠る場所なのだろう。もう一度生き直す、出発点でもあるのかもしれない。杉谷昭人氏は『十年ののちに』（鉱脈社・２０２０年７月）を出し、一貫したテーマを追究している。

戦《いくさ》と平和

一　谷川俊太郎「死んだ男の残したものは」

死んだ男の残したものは

死んだ男の残したものは
ひとりの妻とひとりの子ども
他には何も残さなかった
墓石ひとつ残さなかった

死んだ女の残したものは

しおれた花とひとりの子ども
他には何も残さなかった
着もの一枚残さなかった

死んだ子どもの残したものは
ねじれた脚と乾いた涙
他には何も残らなかった
思い出ひとつ残らなかった

死んだ兵士の残したものは
こわれた銃とゆがんだ地球
他には何も残せなかった
平和ひとつ残せなかった

死んだかれらの残したものは
生きてるわたし生きてるあなた
他には誰も残っていない
他には誰も残っていない

死んだ歴史の残したものは
輝く今日とまた来る明日
他には何も残っていない
他には何も残っていない*1

（昭和40年4月「ベトナムの平和を願う市民の会」で合唱。曲・武満徹*1）

ここで「死んだ」と記されているのは、「殺された」と同義である。本当は、そこを追究し、歌うべきなのである。「兵士」は自国の平和のために、志願または徴兵され、人々を守るために命がけで戦う。そのために、殺し殺される戦場に送り込まれる。勝った負けたのその先に、ともかく終わった戦の、あっけらかんとした静けさがあるのだろう。地上では、一般市民、子どもまでが犠牲となる。リアルタイムで伝えられる炎と砂埃の舞う戦争・紛争は、あらゆるものを破壊し尽くしてもまだ飽きない、世紀末の怪獣さながらである。

ベトナム戦争の頃、英語の勉強のために購読していた「TIME」誌で、山積みにされたベトナムの人々の死体を極彩色の写真で見た。それ以前の戦争でも頭を打ち抜かれたばかりの兵士の写真（ロバート・キャパ撮影）を見て、身体が震えたことがある。ウクライナの民衆が、ロシア兵によって殺害された写真も、刻々と配信されている。世界で今起こっている事実、戦争の狂気。大義名分がやすやすと捏造され、そこに少しの真実があったとしても、根こそぎの残虐、子々孫々にまで被害を残す枯れ葉剤を撒いてよいということにはならない。

生き残った私たちは、しかし、未来を信じて、新しい世界の平和を築いていかなければならない。人間の残酷さは、こうした行いを幾度も繰り返すことである。

世界中の人々が、安心して暮らせる日はくるのだろうか。第二次世界大戦が終わり77

年を過ぎた令和4年、まだ回収されない戦後の課題はそのままに、新たな世界大戦の恐怖に、現在晒されている。人類滅亡の核爆弾のボタンを押すのは、どこの国だろうか。

二　今野大力「凍土を嚙む」

凍土を嚙む

土に齧りついても故国は遠い
負いつ　負われつ
おれもおまえも負傷した兵士
おまえが先か
おれが先か
おれもおまえも知らない

おれたちは故国へ帰ろう
おれたちは同じ仲間のものだ
お前を助けるのは俺
俺を助けるのはお前だ
おれたちは故国へ帰ろう
この北満の凍土の上に
おれとお前の血は流れて流れて凍る

（中略）

殺す相手も
殺される相手も
同じ労働者の仲間
おれたちにはいま仲間を殺す理由はない
この戦争をやめろ

（後略）　（75〜77ページ[*2]）

今野大力（1904年2月〜1935年6月）は宮城県に生まれ、3歳のとき北海道に移住。旭川で郵便局員となった頃から詩作を始め、1926年、小熊秀雄・鈴木政輝らと詩誌「円筒帽」を発刊[*3]、東京に行き「日本プロレタリア文化連盟」（コップ）の結成に参加し、「プロレタリア文学」に作品を発表。激しい反戦運動を行い、1932年駒込署に連行され、そのときの拷問が原因で生死の境を彷徨う。東京での今野大力と妻久子をモデルとした小説を宮本百合子が何編も書いている[*4]。1935年結核で死去する。31歳の短い人生は、まさしく「たたかい」の人生であったと言える。この詩は1932年頃、「プロレタリア文学2」に発表されている[*5]。戦争にかり出された同胞を歌ったものである。

故郷の母や弟、極貧の妻子を抱えながら、それでも飛び込まざるを得ない反戦活動。命の限り戦い、自らの死が現実のものとなったときの、静かな境地が「一疋の昆虫」「花に送られる」の詩編にうかがえる。平和な時代に今野大力が生きていたら、早熟の天才詩人の仲間入りができたかもしれないと思う。

三　再び谷川俊太郎「平和」

谷川俊太郎（1931年12月〜）の「平和」という詩を読むと、平和の難しさ、奥深さについて考えさせられる。

平和

平和
それは空気のように
あたりまえなものだ
それを願う必要はない
ただそれを呼吸していればいい

平和
それは今日のように
退屈なものだ
それを歌う必要はない
ただそれに耐えればいい

平和
それは散文のように
素気ないものだ
それを祈ることはできない
祈るべき神がいないから

平和

それは花ではなく
花を育てる土
平和
それは歌ではなく
生きた唇

平和
それは旗ではなく
汚れた下着
平和
それは絵ではなく
古い額縁
平和を踏んづけ

平和を使いこなし
手に入れねばならぬ希望がある
平和と戦い
平和にうち勝って
手に入れねばならぬ喜びがある*6

2022年2月に始まったロシアによるウクライナ侵攻という戦によって、私たちはライブ映像で、戦禍を刻々と知らされることになった。日本さえも「敵国」と呼ばれかねない現実に晒され、「平和」とは何かを考えない日はなくなった。最初の3行の「平和／それは空気のように／あたりまえなものだ」とは誰も思わなくなったのではないだろうか。

谷川俊太郎がこの詩を書いた頃とは、「平和」の重さ、位置づけも激変したといえるだろう。しかし、第4連目以降は、「平和」の豊かな土壌を育み、それにふさわしい創造物を生み出し、その恵みを苦闘しながら手に入れなければならないと歌っているのは、大切な提言である。

「戦」がすべてを無に帰すばかりではなく、それ以下に悉く破壊する人間の所業なら、「平和」はあらゆるものを生み出す人間の豊かな創造的環境と言えるかもしれない。

＊1　『反戦詩集　戦争とは何か』（村田正夫・野口正義編・現代書館・1966年）参照
＊2　『今野大力・今村恒夫詩集』（新日本出版社・1973年）参照
＊3　『小熊秀雄―絵と詩と画論』（創風社・2009年）参照
＊4　『北の詩人・小熊秀雄と今野大力』（金倉義慧著・高文研・2014年）参照
＊5　＊2の書に下里正樹氏の詳細な年譜が掲載されている
＊6　『自選　谷川俊太郎詩集』（2013年1月・岩波文庫）所収『うつむく青年』98〜100ページ

助詞〈も〉で沸き立つもの

夢よりもはかなき世の中を、歎きわびつつ明かし暮らすほどに、四月十余日《よひ》にもなりぬれば、木《こ》の下くらがりもてゆく。

(『和泉式部日記』日本古典文学全集・小学館)

夢よりはかなき

というより、〈も〉が入ることによって、「なんとあの儚いと言われている夢よりも、もっと世の中(男女の仲)の方が儚いとは」といった詠嘆の気持ちが強くなる。同じく「四月十余日にも」にも、ぼんやり明け暮らしているうちに、「なんとまあ四月十余日にもなってしまったことよ」という詠嘆が滲み出ている。〈も〉も日本語では重要な助詞である。この『和泉式部日記』の冒頭について、私は「時間の流れ」に注目して論じたことがある。[*1]

さらに、日本語が、助詞・助動詞などの付属語に心をこめる言語であることは、今までいくつかの論考で私は書いてきた。

「助詞の〈て〉の働きを中心に[*2]」
「助詞〈は〉の躍動[*3]」
「助詞〈を〉の働き―ただ中に飛び込む勢い[*3]」

今回は助詞〈も〉に注目したい。詩に限らず文章には、助詞〈も〉がよく見受けられる。『日本国語大辞典』第10巻（1976年1月・小学館）での説明では、次の三つに要約される。

1　係助詞

（一）文中用法

①文中の種々の連用語を受ける。

イ　同類のものが他にあることを前提として包括的に主題を提示する。

ロ　主題を詠嘆的に提示する。

②詠嘆を表し、間投助詞的に用いられる。

イ　間投助詞に上接して軽い詠嘆を表す。

ロ　形容詞の連用形・副詞・数詞・接続助詞「て」などを受け、また複合動詞の中間に介入して詠嘆的強調を表す。

③係助詞に上接して副助詞的に用いられる。

（二）文末用法　説明省略

2　接続助詞　説明省略

3　終助詞　説明省略

「並列」を示す用法だけではなく、もっと詠嘆的に強調される場合が詩では多いように感じる。「1　係助詞」としての〈も〉を中心に述べていきたい。

渋沢孝輔（1930年10月～1998年2月）の『われアルカディアにもあり』[*4]という詩集がある。この表題作は詩集中にはなく、詩全体を象徴する題なのであろう。このアルカディアは、ギリシャ南部のペロポネソス半島中央部の山岳地帯らしい。他地域から隔絶された、「桃源郷」のような場所なのであろう。この地名を聞いて「あそこか」と思い浮かべることができる人は少ないだろうが、詩集の題としては十分に幻想的に感じられる。

われアルカディアにあり

だと、本当にそこに存在して、何か行動した記録のように実在感が増す。〈も〉があることで、「なんと私はアルカディアにいることよ」といった、「アルカディア」にいることを、さらに強調し詠嘆する印象となる。また、「アルカディア」が抽象的で、何かを象徴する、異界のようにも見えてくる。

私が古本屋で買い求めたこの詩集の扉には「木原孝一様　渋沢孝輔」の直筆があり、私にとっては宝物である。端正で美しい文字である。

『われアルカディアにもあり』の中に「幾重にも」という詩（52〜53ページ）がある。この「幾重にも」は、全部で一つの副詞である。

幾重にも

枯れ果てた光の入り江に船の眠りは
盡きそうにもない　どんな衝撃の記憶を抱えて
先先のあらゆる旅の明け方の蕩盡を　共白髪めく
水面の傾斜に凝らせているのか　茫茫と
何事か告知されているものとのあいだに海をのべ
その海の裂け目に　はるかに　すでに知られている
星雲の渦動の核が見えたりもする

脱げ　おまえの船を幾重にも脱げと　船に
呼びかけるさらに大いなる船のなにやら幻聴にもみち
してみればこれはただ脱殻の夢　豪奢な
眠りの舳先が目ざしている方角は
向う《ママ》から次第に近づいてくる　そのかたどり

　2行目「盡きそうにもない」と〈も〉が入ることによって、恐らく舳先だけを出して、静かに沈みつつある船の、深々とした「眠り」の、限りなく継続する様が強調され、詠嘆されている。私は小笠原諸島父島に3年間住んだことがあるが、境浦に第二次世界大戦で使用された輸送船「濱江丸」が、砲撃を受けて入り江に逃れてから何十年も経ち、沈みつつある姿で浮かんでいる。あと少しで、舳先も見えなくなりそうである。そんな静かな入り江の風景を思い出す。父島周辺には、民間船74隻、軍艦も加えると百数十隻が沈んでいるという[*5]。

　時間は「明け方」からやがてギラギラした太陽が昇り、船の舳先を縁取るように輝かせていく。「かたどり」は、「象る（かたどる）」の連用形からの名詞化と思われる。抽象的な風景のようにも見えるが、実在感のある立体的なイメージを描きやすい詩である。

＊1　橋浦洋志・太田雅孝・武子和幸・渡辺信二編『喪神の彼方を—21世紀への詩・短歌・評論』（1991年8月・国文社）32～36ページ
＊2　網谷厚子著『詩的言語論—JAPANポエムのムン宇道』（2012年12月・国文社）
＊3　網谷厚子著『日本詩の古代から現代へ』（2019年6月・国文社）
＊4　1974年4月・青土社
＊5　松木一雄著『長期滞在者のための小笠原観光ガイド』（1998年6月・やまもぐら）82ページ

〈口承〉という豊穣の海

一　「書き言葉」それ以前

「書き言葉」というもので、私たちは読み書きしている。「書き言葉」の歴史はすでに1500年は超えているだろう。それが指し示す内容は、時代や地域によって違いはあるだろうが、私たちの意思疎通の記号のようなものとして、慈しみ、育んできた。
その根底に遥かな言語の歴史があり、たとえば「漢字」は、その音、意味を写すものとして、重宝してきたことは事実であるが、もっと古く、「日本語」の世界があったことも忘れてはいけないと私は考える。

萬えう集は、師の常にいはれる如く、草の文字してかきつたへてければ、後見る人の見まがへつゝ、はやくよりあらぬ文字に写しひがめつることのみ多かる本の、後の世には残りたるを、ひがよみは更にもいはず、さるひが文字の儘にしも、強て訓さつるが故に、いかなる心にも、さらに明らめしられぬ歌など多かりける（以下略）。

本居宣長の『萬葉集玉の小琴』（『本居宣長全集』第七・吉川弘文館・1927年参照）の「序」の最初である。「師」は、賀茂真淵である。共に、「漢字」で記された『万葉集』の解読に尽力し、後の多くの人々が『万葉集』の世界に親しめる土台を築いた。それでも、なお解読できない歌が存在することへの、研究の難しさに触れられている。「草の文字」すなわち漢字の「音」や「意味」等を用いた「万葉仮名」で記されていたので、間違い読みの多い本が存在し、それを「本文批判」し、原典に近づくことは難しいと言っている。しかし、もし「表音文字」（ひらがな・カタカナ）で書かれていたとしたら、読み間違いも少なかっただろう。しかし、それらはまだ生まれていない時代の話である。特に「万葉仮名」の特殊な漢字表現だからこそ表現できたこともある一方で、解読を難しくしている面もある。どんな心情を詠んだ歌なのか、現在に至って、なおさら解読が難しい歌がある。

遂に古の心言葉は、得難くて（前掲書）

という嘆きに至る。「漢字」（「万葉仮名」含む）から「ひらがな」「カタカナ」が生み出されるまであと少しだが、文献は前に遡って記せない。「話・歌言葉」（口承）の片鱗が、『万葉集』に垣間見えている。

一方で、「漢字」で書き記されることによって、長い「口伝え」（口承）の豊かな心の歴史から、消え去ったものがたくさんあるのではないだろうか。

稗田阿礼が暗誦していたものを、太安万侶が漢字をもって記録し『古事記』を完成させたとき、稗田阿礼の口から発せられた「音」そのまま伝えられたのだろうか。また、古代歌謡の人々のように、音調を伴っていたのではないだろうか。「書き言葉」からそぎ落とされたものが知りたい。

漢籍の知識ある人々によって記録され、伝播されることによって、抜け落ち、忘れさられたものがあったとしても、「録音」技術のなかった当時、仕方のないことなのかもしれないが、少なくともそのように想像することは可能である。

現代ではリアルタイムで、他国に征服され、統制され、あるいは根絶やしにされた様々な民族と言語があったことを目の当たりにすることができる。私たちは、民族としてどの国にも征服されず、戦争で負けても植民地とならず、日本語を持ち続けることができている。様々な国の言語をやわやわと「日本語」に溶け込ませ、生き残ってきた。日々の日常の中に潜む、古代「日本語」(日本祖語)あるいはアイヌや琉球の「言語」の、豊かでふくよかな世界に踏み入ることは、「書き言葉」の世界を、より深めることに繋がるのではないかと思う。

二 「表音文字」という記号

おそらく平安時代初頭(もっと古い地層から「ひらがな」が記された器が発見されたという報道もあ

ったが確証はない)、表音文字としての「ひらがな」「カタカナ」が発明された。〈口承〉の「日本語」、アイヌ語、琉球語は自在に記録できるようになったのではないだろうか。

琉球の「おもろ」やアイヌの「ユーカラ」を、生き証人とも言える人の生の声で聞くことができるのも、あとどれくらいなのか。「生」で聞けなくなっても、「表音文字」として残る限り、音符として記録される限り、「録音」されたものを復元できる限り、私たちはその「声」を味わい、内容を理解することができる。

ただ、その「表音文字」も時代によって、発音が違っていたものがあるらしい。「母音交替」は、滑らかに発音しやすいように変化していくが、口の中の「音」の発する位置の変化によって、「音」としては変化しているものもある。

平安時代の「母」は「ふぁふぁ」と唇を閉じて空気を出す発音をしたらしく、現在の「h」のように、喉の奥から発音する「はは」ではなかったらしい。そこから推理すると、さらに古代では「p」音で、唇を閉じて、激しく息を吐く「ぱぱ」と発音されたらしい。つまり「はは」は「ぱぱ」だったということになる。*

「ひらがな」「カタカナ」までも、時代によって「発音」が違ったということになると、ますますタイムマシンが欲しくなる。しかし、「発音」は違っても、一千年前、それ以前の文学作品・古典全般を、不完全なところもあるが、今も読むことができ、鑑賞することができるのは、奇跡としか言いようがない。世界の最古の長編小説が『源氏物語』という説もあるにもかかわらず、もしかしたら先進国で、一番『源氏物語』を読んでいないのは、日本人かもしれないとまで思える惨状にあるのではないだろうか。

平城天皇の問いに答え撰上された斎部広成の『古語拾遺』（８０７年）の「序」で、

けだし聞く、上古の世、未だ文字有らず。貴賤と老少と、日々に相伝へ、前言と往行と、存して忘れざりき。

文字がなくても、「言い継ぎ語り継ぐ」、神聖で重要な社会的機能が立派に果たされていた。決して、その頃も野蛮で原始的だったのではないことを認識しておく必要がある。神聖かつ重要なものごとだからこそ、「書き言葉」が発生したとき、それらを記録し、後世に残すことができたのである。雑多な事実の集積・記録ではない。

〈口承〉という、かけがえのない私たちの遺産があったことに感謝し、思いを馳せるとき、「書き言葉」として、現存している文献を、いかに保存、継承していくかも、大きな課題となる。

三　アイヌの口承

わずか19歳で世を去ったアイヌの少女、知里幸恵が、口承されていたユーカラから13編について、ローマ字で表記し、日本語訳をつけたものがある。『アイヌ神謡集』（岩波文庫・1978年）で、大正11年に国語学者の金田一京助が、彼女の人となりについて記したものが掲載されている。さらに大正12年、「追悼」の意を表した金田一京助の文も載せられている。

今雑司ヶ谷の奥、一むらの椎の木立の下に、大正十一年九月十九日、行年二十歳、知里幸恵之墓と刻んだ一基の墓石が立っている。幸恵さんは遂にその宿痾の為に東京の寓で亡くなられたのである。しかもその日まで手を放さなかった本書の原稿はこうして幸恵さんの絶筆となった。種族内のその人の手に成るアイヌ語の唯一のこの記録はどんな意味からも、とこしえの宝玉である。唯この宝玉をば神様が惜んでたった一粒しか我々に恵まれなかった。

（161～162ページ）

〈口承〉の歴史の生き証人としての知里幸恵の、はかなくも凝縮した一生を惜しむ思いが迸り出ている。

彼女のローマ字表記と日本語訳の一部を次に挙げる。

"Pirka chikappo! Kamui chikappo!
Keke hetak, akash wa toan chikappo
kamui chikappo tukan wa ankur, hoshkiukkur

sonno rametok shino chipapa ne ruwe tapan"

（日本語訳）

「美しい鳥！　神様の鳥！

さあ、矢を射てあの鳥

神様の鳥を射当てたものは、一ばんさきに取った者は

ほんとうの勇者、ほんとうの強者だぞ.」

（10〜11ページ）

アイヌの文学は、「韻文物語」（「神のユーカラ—神謡」と「人間のユーカラ—英雄詞曲」）と「散文物語—酋長歌」とに分類できると、知里真志保氏は、前掲文庫の解説で述べている。「神」と「勇者」の物語であることは、日本の『古事記』等とよく似ている。

〈口承〉という語りで、ドラマティックに語られた、場の高揚感も想起させる。そうした劇場型の語りは、古代歌謡からは、すくい取ることができない。

この知里幸恵の声を極限まで再現したであろう「ローマ字」と、彼女の「日本語訳」との間にあるもの、その深淵を忘れてはならず、それを埋めるイマジネーションを持ち続ける必要があるだろう。つまり、「Pirka」は、単なる「美しい」ではなく、北海道の豊かな自然の様々な色の移ろい、大気の温度や香り、その中で羽を広げて飛び回る鳥の姿・声、その息づかいまでも甦らせなければ見えない美しさなのではないだろうか。

また、「Pirka」は、アイヌの〈声〉を正確に表現し尽くせているかもわからない。アルファベット・平仮名や片仮名の表音記号の単純な音では、英語の「Hello」を「ハロー」と置き換えたと同じで、正確な音ではないだろう。精緻で複雑な音韻記号で表記されなければ再現したとは言えない。アイヌの地方ごとで微妙に発音も違うかもしれない。琉球語が島々で微妙に発音が違うように。

この知里幸恵について、吉増剛造は詩集『Ｖｏｉｘ』（思潮社・２０２１年）で、

知里真志保氏のお姉さん知里幸恵《ゆきえ》さんに、語り掛ける、……、ここで、

……貴女の筆跡（アルファベット）を見て、驚嘆したことがあった、……。いまなら、その〝驚嘆〟を、説明することが叶う。*u*や*a*や*i*が、木の精や木屑の精のように、説明しがたく美しかったことを、……。（後略）

（63ページ）

知里幸恵さんの直筆を見た、彼の感動が表されている。

四　〈口承〉の豊穣な海へ

私たちは今「書き言葉」で書き、本を読むように無味乾燥に発音し、デジタルの文字をキーボードの上で弾き飛ばしている。そんな日常が、繰り返され、私たちは記憶するという苦行から離れ、パソコンやＵＳＢのメモリばかり気にしている。そのうち、ＡＩにとって代わられるかもしれない。

「書き言葉」に深く纏わり付いている「日本語」の歴史、私たちがどこかで置き忘れたものを、もう一度この小さな頭に甦らせる必要があるのではないだろうか。人間としての声の復権、伝承の「語り部」としての役割が、今を生きている者にあるのではないだろうか。「翻訳」のそのまた「翻訳」の、もはや実態のない言語ではなく、言葉が発せられた、その原初の草原に分け入る勇気、ほんの少しの努力とイマジネーションが、新たな日本の文学を生み出すと考える。独仏英米の翻訳の借り物の使い回しではない、風土に根ざした言語による文学が、今求められていると私は考える。

＊　上田万年著・安田敏朗校注『国語のため』（２０１１年・平凡社）所収「Ｐ音考」234〜240ページ参照

R音で始まる元号

一　語感から

２０１９年５月１日から、元号が「平成」から「令和」になった。その発表を聞いて、どこかしっくりいかない、ぎこちない感じがしたのは、私だけであろうか。「R」で始まる音に馴染みがないせいかもしれないと思った。友人と学生時代、しりとり歌合戦をしていて、「R」で始められる歌がなかなか思い浮かばず困ったことを思い出す。結局「夜明けのスキャット」が何回も登場した。

歴史的には元号は、１代の天皇で幾度も変わることがあり、天災・厄災等様々なものを回避する祈りが込められていた。今までの元号（「大化」から「平成」まで）で「R」で始まるものは次の三つしかない。

霊亀《れいき》（元正天皇・715年）
暦仁《りゃくじん》（四条天皇・1238年）
暦応《りゃくおう》（光明天皇・1338年）

「霊亀」は、「令和」の出典となった『万葉集』巻第5の815番の歌に始まる32首の「序」が書かれた天平2年（730年）に近い。「霊亀」はわずか2年で「養老」（717年）に変わっている。

元号は中国の文献を参考にされることが多いなら、もっと「R」で始まる元号があってもいいはずであるが、当時の日本人の「音」の感性を重んじたのかもしれない。

新しい時代にふさわしい元号に、珍しい「R」で始まるものをわざわざ選んだようにも思う。こうした時代代わりの出来事にも、私たちが連綿と受け継いできた血が騒ぎ出す。

二　原文の迫力

『万葉集』の該当歌（815番～846番）の「序」は、無邪気なまでに「梅花」の宴を盛り上げようとする、様々な工夫が凝らされている。これは「口語訳」で読むよりも、ダイレクトに原文で読んだ方が、迫力がよく伝わる。やわらかな和語が交じらない、漢字表記がふさわしい。作者は不明であるが、漢文の達人で、漢籍に通じている人物であることは間違いがない。よくある没個性的「唱和歌」が32首も並ぶが、この「序」があることで、平凡、退屈な印象がない。

天平二年正月十三日、萃于帥老之宅、申宴会也。于時、初春令月、気淑風和。梅披鏡前之粉、蘭薫珮後之香。加以、曙嶺移雲、松掛羅而傾盖、夕岫結霧、鳥封縠而迷林。庭舞新蝶、空帰故雁。於是、盖天坐地、促膝飛觴。忘言一室之裏、開衿煙霞之外。淡然自放、快然自足。若非翰苑、何以攄情。詩紀落梅之篇、古今夫何異矣。
宜賦園梅、聊成短詠。

（日本古典文学全集『万葉集』2・66ページ）

「詩紀落梅之篇」と中国にも「落梅」の詩篇があるが、私たち日本人は「短詠」、短歌を詠もうではないかというのである。この頃はまだ遣唐使船も廃止されておらず、たくさんの中国文化が流入していた時代であった。それだからこそ、日本の固有の文学様式である「五七五七七」で歌おうと言っているのではないかと思われる。この点で、時代は下るが平安時代の最初の勅撰和歌集『古今和歌集』の「仮名序」と精神は同じである。

原文で読むと、「対句」が際立ってくる。「気」と「風」、「梅」と「蘭」、「新蝶」と「故雁」、「淡然自放」と「快然自足」等である。のびのびと書き、この一瞬一瞬を味わっている作者がいる。「若非翰苑、何以攄情。」（もしたくさんの筆によってでなければ、どうしてこの感動的な思いを外に発散することができるであろうか）と、参集した人々に、思いの丈を短歌で表現するように促している。

三　そして「令和」について

「令月」は、「よい月」の意味や陰暦2月の別名でもある。ここでは1月の宴なので、「よい月」の意味で使われている。どうして「よい月」なのか、その後に説明されている。「気～香」それればかりではなく、「曙～雁」までが加わる。

この流れだと「令香」という線もあったかなと思うが、これでは女の子の名前にありそうである。「令和」が今までの元号とも呼応して、違和感がないと思われたのだろう。「平成」が平和や平穏への願いを込めていたのに反して、災害の多発した時代であった。言霊を元号に込めたとしても、それを上回る科学・技術のリスク、地球環境の人的悪化による自然災害の危険が高まっている。こんな危機的状況であれば、もっとアグレッシブな元号をつけることも、考慮されたかもしれない。しかし、もしそうしたところで、大変な人災・災害が起こったとき、誰がどのように責任をとるのか、心配になる。初めから責めること自体が、意味がないのかもしれない。

そうであれば、「令和」が、ひかえ目で落ち着きのある素敵な元号に見えてくる。奥ゆかしさや気品まで漂い、近代的な未だかつてない輝きをもっているようにも思えてくる。

「令和」という題で詩を書きたいと思うが，日本中の詩人たちが書こうとしているような気がする。私が書くとしたら、主催者の大伴旅人か、高揚感満載でこの「序」を書いた作者となって、存分に書き上げてみたいと思う。

「序」に名を記すことなく、全くの黒子でありながら、これほど個性豊かに自らの思いを高らかに書ききれた人物。1300年の時を超えて、彼に私たちが辿り着けた奇跡。中国の文化にまみれながら、そこから日本を探り当てようとする努力。私たちはいつも、こうした時代をくぐり抜けている。

瑞々しく立ち上がる

──小熊秀雄「飛ぶ橇」「白樺の樹の幹を巡つた頃」について

39歳で旅立った小熊秀雄（1901年9月〜1940年11月）の仕事は多岐にわたっている。詩、エッセイ・童話、さらには漫画原作、絵画等、そうした多様な活動において、決して失速することなく、大正・昭和初期の文壇を駆け抜けて行った。激しい思想よりも、深い人間・生物・自然観察、周囲に注がれる暖かい眼差しの印象の方が勝っているように思う。

一　「飛ぶ橇」から

人の心を揺さぶる、誰も真似のできない作品を創り上げるのは、個人の飽くなき努力と磨き上げた資質以外にはないと思われる。小熊秀雄の作品を読むと、どっしりと存在感のある映像が鮮やかに浮かび上がる。ここでは、「飛ぶ橇—アイヌ民族の為めに—」（岩田宏編『小熊秀雄詩集』岩波文庫、以下ページ数はこれに依る）を取り上げる。

冬が襲つてきた、
他人に不意に平手で
激しく、頰を打たれたときのやうに、
しばらくは呆然と
自然も人間も佇んでゐた。
褐色の地肌は一晩のうちに
純白の雪をもつて、掩ひ隠され
鳥達はあわただしく空を往復し、
屋根の上の鳥は赤い片脚で雪の上に

冷めたさうな身振りでとまつてゐた、
そして片足をせはしく
羽の間に、入れたり出したりしてゐる。
（中略）
村の人々は風の声を聴いた、
（中略）
林の木の葉の
最後の一枚が散りきつたと思ふときに
空は急に低くなつたやうだ、
そして周囲は急にシンとしづまつた。　（156～157ページ）

「飛ぶ橇」の冒頭である。冬の到来が読者の脳裏にくっきりと喚起される。殺風景な中に、健気に可愛らしく動く小動物。その後冬に備えるアイヌの村人たちの姿が生き生きと描かれる。「天地の静けさ」（157ページ）を破るような生き物たちのざわめきも見逃さ

ない。微細に平易な言葉で樺太の冬を描く。雪深い村に足を踏み入れる「山林検査官」の様子、

曾つて自分が失つた何物かを
地面に探し求めて
あるいてゐるやうに絶えずうつむき
顔をあげたとき彼は強く
呼吸を吐きだすやうであつた。

（163ページ）

雪を搔き分け搔き分け、雪に足をとられながら、必死に歩いて行く山林検査官の姿がリアルである。過酷な環境で逞しく暮らすアイヌの人々の姿がイメージされる。

二　卓越した繊細な表現

狩猟をするアイヌと山林検査官の眠る夜は静かだ。

月は何処にも現れてゐない、
然しどこからともなく光りが
いちめんに村落を照らし
雪の層の下で
アセチリン瓦斯を燃やしてゐるやうな
異様な青さをもつて
見渡す雪原は雪明りで輝やいてゐた。

（173ページ）

化学物質の不思議な輝き、それを思い起こさせながら、自然が生み出す不思議な美しい情景を描き出す。「青」も、透明で、地形をかたどる雪の盛り上がりで、幾重ものグラデーションがあるのだろう。
「叙事詩」として、疾走していく最後の犬橇の場面への、美しすぎる序奏である。

三 〈民衆〉の詩は書けたか

小熊秀雄が昭和10年（1935年5月）に出版した第1詩集『小熊秀雄詩集』（耕進社、2012年日本図書センター刊参照）の「序」に、

真に民衆の言葉としての『詩』を成り立てなければならないといふ私の詩の事業（後略）

という強い意志が示されている。様々な批評家の言葉に「ぺちゃんこ」にされそうになりながら、果敢に挑み続けた人生であったと思う。

プロレタリアートとインテリゲンチャ、政治と文学、辺境と都会、偏見・差別と権

威・優越、世間に蔓延り、詩人を疲弊させ、体内から腐らせる課題と向き合い、激しい皮肉と辛辣な批評の刃で戦い続けた。

『小熊秀雄詩集』の「宇宙の二つの幸福」には、英独仏の翻訳詩集に感動し、魂を売り渡したように泣くインテリゲンチャが描かれている。

地中から湧き出てくる敵に立ち向かうことなく、晩年の詩では、「民衆の詩」を率直に歌い上げることができたのではないだろうか。彼が亡くなる昭和15年（1940年）4月に、「現代文学」に発表した「流民詩集」の中の「白樺の樹の幹を巡つた頃」の「泣く」には、民衆は、彼の外側に位置するものではなく、彼そのものが民衆となっているのを感じる。

誰かいま私に泣けといつた
白樺の樹の下で
幼い心が幹の根元を
三度巡つたときからそれを覚えた

草原には牛や小羊が
雲のやうに身をより添はして
いつも忙がしく柵を出たり入つたりしてゐたのに
私の小屋の扉は
いちにちぢゆう閉られたきりで
父親も母親も帰つてこなかつた

（中略）

百姓の暮らしの
孤独の中に放されてゐる子供は
樺の樹の幹を巡ることに
孤独を憎む悲しみの数を重ねた
いまでも愛とはすべてのものが
小羊のやうに
寄り添ふことではないのかと思つてゐる

いまでも人間とは小羊のやうに
体の温かいものではないかと思つてゐる
大人になつても泣けるといふことは
みな昔樺の幹を巡つたせいだ。

（岩波文庫『小熊秀雄詩集』264〜265ページ）

『小熊秀雄―絵と詩と画論』（2009年・創風社）には、「白樺の樹の幹を巡つた頃」の詩に、彼の「北海道風景」（1938年）のペン画が添えられている。

小熊秀雄の詩には、こうした鮮やかな風景が根底に流れているのではないかと、改めて感じる。

「泣く」こと、赤子のようにただ心のままに声を発することで、拭い去れない深い傷の痛みを甦らせ、温もりを求め続けた時間を噛みしめているように思う。

小熊秀雄の〈民衆〉の詩は、このような痛みを伴って成立していると考える。

女流詩人の草分け――英美子の詩について

２０１９年８月に、歌人の大竹蓉子氏から、英美子（１８９２年７月～１９８３年３月）の詩集２冊（『Andromeda の牧場』『授乳考』）、『Andromeda の牧場』のスペイン語訳詩集１冊、大竹氏宛の葉書41通とお手紙10通、訃報の新聞記事等を預かった。とても仲良くしていただいていたとのことで、是非私に英美子のことを書いて欲しいという依頼だったように思う。

本稿では、英美子の詩歴に触れ、詩について分析したいと思う。

一　英美子の詩歴

龍ケ崎市川原代町の道仙田に、英美子の「川」の詩碑が建っている。龍ケ崎文学会員が中心となって建設された。英美子の生涯・詩歴について、佐々木靖章氏の「英　美子詩碑建設の由来」（1996年4月吉日）に詳細かつ簡潔に記されている。そこでは、英美子が詩壇に登場した1921年は、龍ケ崎が生んだ日本最初の女流詩人と言われる澤ゆき（1893年2月〜1972年11月）が『孤独の愛』（曙光社）を出版した年であることにも触れ、二人の間に交流があったと述べている。佐々木靖章氏によると、英は1945年春、戦禍を避けて、子息淳眞とともに現在の藤代町新川に移り、後1949年春、現在の龍ケ崎市川原代町道仙田の小貝川のほとりに1965年まで住んだという。詩歴の最初は、西條八十の勧めで、彼の主宰する「白孔雀」に参加したことである。

筆者も勝田市（現在のひたちなか市）から龍ケ崎市に1988年に転居し、龍ケ崎という地が女流詩人の「発祥の地」であることに誇りを感じる。

1983年（昭和58年）3月16日「毎日新聞」の訃報欄の記述を次に記す。

英美子さん（はなぶさ・よしこ、本名・中林文＝なかばやし・ふみ＝詩人、日本詩人クラブ相談役）十五日午後十一時五分、心不全のため東京豊島区目白二の三六の八の自宅で死去。九十歳。告別式の日取りは未定。喪主は長男のギタリスト、中林淳真（なかばやし・あつまさ）氏。

大正十年、女流詩人としてデビュー。日本現代詩人会会員。昭和五十年、同会主催の詩祭で「先達詩人」として顕彰された。著書に「春鮒日記」詩集に「アンドロメダの牧場」があり、同詩集は日本現代詩として初めてスペイン語訳された。

同日の「読売新聞」では、さらに、

大正十年、西条八十の「白孔雀」同人としてスタート。昭和初期、読売新聞社の社会部、婦人部記者として勤務。女流現代詩人の最長老として知られ、主な作品に「東洋の春」「春の顔」「授乳考」など。代表詩集「アンドロメダの牧場」は、昭和五十六年、スペイン語でマドリードで出版された。遺言で通夜は行わず、代わりに四月、作品の朗読をして故人をしのぶ。

とある。

英美子は詩集『Andromeda の牧場』の「著者略歴」によると、１８９２年静岡県西草深町に生まれている。１９４４年から１９６５年まで、疎開地の茨城県龍ケ崎市川原代町に居住した。その後東京に住んでいる。詩集は、

『白橋の上に』真砂社（１９２５年）
『春の顔』平凡社（１９２７年）
『美子・恋愛詩集』素人社（１９３２年）
『東洋の春』交蘭社（同）
『英　美子・詩集』宝文館（１９５８年）
『Andromeda の牧場』昭森社（１９７０年）
『授乳考』思潮社（１９７４年）

他である。散文集としては、

『自叙長篇　浪』興亜日本社（１９４１年）

『随筆　弾の跡へ』文林社（1943年）
『長篇　春鮒日記』白燈社（1953年）
等がある。「日本未来派」同人であった。
日本詩人クラブや日本未来派、日本現代詩人会が創設される1950年の遥か前から、女流詩人として活躍されていたことに驚く。
英美子が生まれた1892年（明治25年）、同年に西條八十・芥川龍之介がおり、萩原朔太郎の6歳年下である。澤ゆきより1年年長である。スペイン語でも刊行された『Andromeda の牧場』の詩からみていきたい。

二　英美子の詩―『Andromeda の牧場』の作品から

『Andromeda の牧場』は、英美子の第6詩集となる。「まえがき」によると、ここに収録した二十七篇の詩は　実に二十年の長きに過ぎる疎開地から東京に引き揚げた翌年　すなわち一九六六年の初夏から　本年（一九七〇）一月上旬までの四ヶ年間の仕事の蒐集ということになります。

（注・原文「、」なし）

とある。個性的で刺激的な詩集の題名は、長編の取材確認のため訪れた、オホーツク沿岸の枝幸郡歌登町に滞在した間に見た「綜合家畜共進会」で着想したとある。この詩集は自分の「七十七才の顔」であると述べている。

この詩集は三部構成、「冬の耳」「仮装の町」「Andromeda の牧場」からなる。冒頭の作品を引用する。

雪のリズム

さいはての旅

めざめに　耳欹だてる
レモン色の雪の
センチメンタル

あなたは
無から　有へと
架け亘す
女　ひとりの
はなびらか

実在の　寂寞が
雪のリズムを
たしかめる

遅い窓は
鎖ざされたレモン
何ごとも　忘れた貌で
なかった言葉で
対い合っている

それは
無惨なまでに
淡く　匂いやかな
さいはての　雪の
夜の響き。

人は目覚めたとき、無意識に耳を欹てる。鳥の声が響いていたり、雨のかすかな音がしていたり、何も音がしなくても、その静寂に耳を澄ます。「さいはて」の旅である。

まだ、夜通し雪が降り続いているらしい。目で確認しなくても、「レモン」のように冷たく香る、純白すぎて黄色を帯びた雪が、天から降りて、静かに積もっていく様子がありありと目に浮かぶ。そのゾクゾクとする怖さ、悲しさ。「センチメンタル」という言葉が、簡潔にその思いを描き出している。身体の芯まで染み込んでいく、切なさ。夢に漂い、まっさらになったはずの「あなた」は、「そうであった」という抜き差しならない実在に差し抜かれていく。「女　ひとりの／はなびらか」は、頼りないかすかな存在である「女」の身の、置き所のなさも感じさせる。

「鎖ざされたレモン」は、剝かれることなく、堅く形を保ち、外界と隔てられた世界の象徴と思われる。そこでは、言葉は無意味に繰り返されるばかりである。聞き取れないシラブルのように。「さいはて」の雪の閉塞感、しかし、それを味わい尽くそうとしている作者がいる。

わかりやすい言葉で、人々の五感を刺激し、甘く艶やかにたぶらかそうとする手練手管にたけている。

表題作「Andromeda の牧場」では、

彷徨《さまよ》える　距離
68《ママ》万光年

で始まり、人工授精させられる牝牛の悲しみを描いている。

穢れても　汚れても
孕みませんように――
どこかに　忘れてきたような
この　みすぼらしい童話を
神よ　憫みたまへ
人工授精によって受胎する
雑草の上の　漏斗形の聖なる乳房が
なぜか　私を　涙ぐませる

遥か宇宙へ思いを馳せながら、管理された家畜の運命への憐憫、もしかしたら、望まない妊娠を受け入れる女の悲しみもそこにあるのかもしれない。

三　英美子の詩—『授乳考』の作品から

『授乳考』の村野四郎の「序」は、正直に「彼女の詩については、あまりよく知らない」とあり、詩の理解には少しも役立たないが、人間性を知る手立てとなっている。若々しく爽やかな人であったらしい。

星雲にうたう

完全——

それは　破毀
怠屈で　未来のない
玩具

ミキサーを廻転させよ
まづ　切りかけのレモンから
水蜜桃　高原キャベツ
月夜のトマト
人参の切れっぱし
鼻もちならない　男たちの靴下
大脳の襞に蓄積した
思想の垢の沈殿物
総て　片っ端から手当り次第

ミックスされ　滴りおちる
液状の慟哭
それは　人生を吹き抜ける
今日的な　サディズムか

ヒメジョン　草ヨモギ
芒　丈なす
老いの叢
小暗いほとり

人間をかなぐり捨てた
虫けらたちの　過失
笑いがさざめく
夏の　終り

原始的な愛の伝達が
エメラルドの思惟に重なり
完全は
もう一度　毀わされる

ミキサーは　絶えず
星雲にうたう。

現実的なものが示され、それから抽象的なものへと移行する。英美子の破天荒で容赦ない断罪が爽快である。第2連目の「鼻もちならない〜沈殿物」は、私も同感である。若い頃に仕入れた思想を、いつまでも後生大事に時代遅れで陳腐なことにも気づかず、使い回す人のいかに多いことか。要するに捨てられないのは、からっぽになることが怖いからではないのかと思う。

ディコンストラクションしていく過程で、創造的なものが生まれていく。「人間をかなぐり捨てた」人々の残酷さ・悲しさのエピソードも喚起させる。原点回帰のような「原始的な愛の伝達」さえも、もう一度新しいドラマへと構築されていく。砕き壊し続ける「ミキサー」は、星雲へと、無限の世界へと、怠惰な私たちを駆り立てるものである。

『授乳考』が英美子82歳の詩集、『Andromeda の牧場』が77歳の詩集であることを考えると、言葉の瑞々しさをどうしたら保ち続けることができるのか。それがいかに希有なことなのか実感させられる。

英美子を初めとして、まだまだ再評価されてもいい詩人たちが大勢いると思われる。

〈大災害〉と詩

―岡野絵里子『陽の仕事』を中心として

一　大災害頻発の時代の詩の役割

現代の日本人が経験したことのないほどの「大災害」が再び、２０１１年3月11日東日本で起こった。かつて、１９９５年1月に「阪神淡路大震災」があり、ライブ映像で、崩れ落ちた高速道路や燃え盛る家々、4階が潰れた庁舎を見ていた東北・関東地方の人々が、２０１１年3月11日、当事者となった。地震後の巨大津波で攫われた人々、福島第一原子力発電所の事故による広がり続ける放射能被害の悲劇は、未だに消えることがない。日本のすべての原子力発電所が一時停止され、その再稼働を巡っては、まだ解決していない課題が多い。

文明の利器、夢のクリーンな発電と言われた原子力発電も、「凶器」と化し、廃炉までに何十年もかかり、人間の力では制御不能となっている。核廃棄物・放射能汚染水の処理、火力発電に頼ることによる温室効果ガス増加の問題は、国際社会も大きな影響を被っている。こうした現状は、詩人たちに、揺れ動く地球の巨大なエネルギーに翻弄される非力な人間の存在を実感させるに充分なものであったと思う。

「災害」は終わったわけではなく、予測される大地震や大噴火の可能性は高まり、さらには核戦争等の危機や、経済摩擦や反日運動の過激化、戦争・紛争による難民の激増、疫病の蔓延等、不安は絶えることがない。しかし、どんな苦難も超えてきた人類の努力があり、未来への逞しい「想像力」が、求められる時代となった。「文学」でしか成しえないことも多くあるだろう。アメリカ同時多発テロ後のアメリカでの「詩の教室」のような、人々の心を救済する力が詩にあるのだろう。その試みはまだ日本では実践されていないと思われる。「心の救済」を「実用的」と退けるのではなく、詩が本当に必要とされるもの、人々の生きる力の一助となれるものになれば、自然と詩の書き手は増えるに違いない。感傷に沈むのではなく、未来を照らす詩の存在が求められていると感じる。

東日本大震災の経験にまつわる詩が数多く生まれ、福島県現代詩人会はアンソロジーを編んだ（２０１２年４月）。時が過ぎても生々しく響くのは、まだ「終結」していない現在進行形の災害であるからかもしれない。２０１１年６月復興基本法が成立、翌２０１２年２月復興庁が発足しても、現在に至るまで「復興」の途上である。

数十年に一度の大災害と言われる豪雨、巨大台風、それらに伴う河川の氾濫や土砂崩れなどが毎年のように繰り返し起こっている。現代は、自然・人的災害ばかりではなく、世界的蔓延の疫病によるパンデミックが、どの地域の人々にも等しく恐怖を与えている。今まで繰り返されてきた歴史を忘却させず、人々の記憶に鮮やかに刻んでいくのも、詩人の役割かもしれない。

２０２１年３月11日、日本現代詩歌文学館が『あの日から、明日へ　開館30周年／東日本大震災発生から10年』のアンソロジーを編んだ。岡野絵里子の「水の声　――三月十二日　浦安」（後に詳述）も収録されている。

岡野絵里子『陽の仕事』（２０１２年10月・思潮社）の詩集評を「白亜紀」（139号・２０１３年

4月）に書いたことがある。一部手を加えて、次に記したい。

二　私たちは闇から光へと生まれた

私たちが詩を書くのは、のっぴきならないものを自らに抱えているからである。その中身が日々変わろうと、抱えているものは減ることはないのではないだろうか。岡野絵里子の詩を読むと、彼女の抱えているものと、時に強く共振することがある。そして、共に頭を垂れて、静かに、逞しく歩を進めていく。

岡野絵里子の詩集『陽の仕事』は、「光」「陽」「声」の溢れている詩集である。私が強く共振したのは、その底で湧き水のように溢れ出る悲しみ、恐れである。そうした痛みを抱えて、また、そうしたものを織り込み済みで、私たちはこの世に生まれ出たのかもしれない。

（1）「陽」の意味について

「光」は見えない遥か彼方の天空から降り注ぐもので、大気の温度や空気の流れによって、微妙にその色や拡がりを変えるものであるように思う。ときには、見えない神的なものの意志のようなものでもあり、私たちの生きる希望の啓示のようでもある。

「陽」というと、新川和江の「けさの陽に」（『けさの陽に』花神社・１９９７年刊）の、

わが家の食卓にも
午前八時の同じ陽が斜めに差し込んでいて
牛乳をのみ了えたコップや
こぼれたパン屑にも　明瞭な影をつくっている

のように、地上に降りてきて、具体的にものの存在を知らせるものであるように思う。

それはまた、律儀に、私たちのささやかな日常の始まりを促すものでもあり、一日の旅

の終わりをやさしく包み込むものでもある。

「陽」は明確に太陽がもたらす「光」に限定され、私たちがその手触り、ぬくもりを直に感じることができるものである。

岡野絵里子の詩集の題に、「光」ではなく、「陽」を選び取っていることに注目したい。冒頭の作品が「光について」であるにもかかわらず、である。「陽」は、25編中12編に出てくる。半数近くの詩に登場しているのである。「光」「声」は「陽」と共に出てくることが多い。ここでは、「陽」に注目して、彼女の詩の魅力に迫りたい。

（2）悲しみ・恐れから新しき日へ

見えないものに　私たちはたやすく包まれる　光とか　声とか
それは　どこか遠くに置いてきた心が痛むからなのか

あふれる光を目印に　一日の頁が折られた　陽のまじめな仕事
を　誰かが拾い上げたかのように

（「陽の仕事」より）

「陽の仕事」は狭義的には「太陽」が律儀に行う日々の明け暮れなのであろう。その影響から逃れられる人はいない。

太陽が地上に落とした「陽」（の光）によって、見えないものが姿を現す。たとえば薔薇の手入れをしている「祖父」や、「祖母」「曽祖母」（「目送」）、「辿り着けない玄関の扉」（「インナーハウス」）、「終わらない子ども時代の痛み」（「冬の童話」）だったりする。

また、「陽」は、たまりゆく無邪気なまでの輝きでもある。「初めての陽があたった時」（「草の冠」）、「陽が動く／陽のつま先は道を濡らし」（「帆」）、「降る陽を溜めて／時間が川底に沈み」（「虹鱒の時間」）、「陽が小さな球を振り撒くと」（「声・庭園」）などである。「詩と思想」２０１１年5月号に岡野絵里子の原詩と英訳詩が載っているが、その詩の題名も「泳ぐ陽」であり、あらゆるものを通過していく、大きな存在としての「陽」が描かれている。
それらとは明らかに相違する、もっとアグレッシブな「陽」がある。悲しみや恐れからの、新たな旅立ちを促す「陽」である。

〔A〕

春のあいだ　私は考えていた　胸の底に眠る　砂に似た生き物について　その静かな目覚めについて

三月　家々は傾き　噴き上げてきた泥と砂に埋もれた　北の海辺では　夥しい死者たちを抱いて人々が泣き　僅かな水を分け合っていて――

人の重みで地が傾く　悲しみを乗せて　地が沈む　砂は人の外と内を埋め　無情な門番のように世界を閉じた

（中略）

少しずつ　私たちは恢復していくだろう　まだ目覚めない者の
夢　聴こえない声よ　だが　陽が止まる　新しい私たちの日に　気
がつけば　夏になっている

（「恢復期」より）

また、

〔B〕

陽が砕く　昨日までの古い私たちを
光を浮かべた水を飲もう　あらゆる地を通った静かな声を　億年
を知る動かない眼の下で

（「水の声　──三月十二日　浦安」より）

〈A〉〈B〉とも、東日本大震災での被災体験を元にした詩である。近年誰も経験したことのない悲劇と惨事に直面し、自らも被災者となった岡野絵里子が、唯一変わらない普遍的な存在である太陽と、地上に落ちてくる「陽」によって、前へ進めと促されたのではないだろうか。

悲しみ、恐れ（「痛み」）は、「子ども時代」のように過去から湧き起こるものばかりではなく、生きる限りもたらされるものでもあったのだろう。大震災の後は、それらを抱えたまま、歩き続ける。「だが／ゆっくり休むのはもっと後／甘い汁を抱いて／一人の瞼を閉じるのは」（「エデン」）、岡野絵里子は、遠い彼方からかけられる「声」に従って、楚々として歩を進めていく。

岡野絵里子の詩集もまた、彼女の鋭く乾いた筆致が光っている。読む者を彼女と同じ歩幅で歩かせる。たとえば「どの顔も折れ／あらゆる措辞を遠く置いて／ただ乾いている」（「水の声」）、底知れぬ疲れと失意、恐怖に突然直面し、それでも生きようとしている人々の描写が卓越している。

いつ始まっていつ終わるかわからない、始まりも終わりもない、一続きの巻物を繰るように、彼女の詩は続いていく。私たちがなぜこの世に、この時代に生を受け、いつ終わるのかもわからないように。

三　「水の声　――三月十二日　浦安」を中心に

断片的に引用した「水の声」をすべて次に記す。

水の声

――三月十二日　浦安　　岡野絵里子

泥の中から這い出して　私たちは並んだ　「立たないで下さい
しゃがんで並んで」　小学校の廊下が数百の長靴の下で　音をたて
た　泥が乾いて砂になり　羽虫のように舞い上がる　瞬間　亀裂の
入った壁が倒れかかる幻視に襲われる　即製の引き取り名簿が　玄
関ホールに放置されたままだ　校舎が半壊した日の午後　親たちが
駆けつけて　子どもを連れ帰った時の　慌しい　掻いたような筆跡

私たちは卑屈にしゃがむ　それが安全な姿勢だから　眠れぬ夜に
疲れたから　鍋を持ち　じっと蓋を見詰めたままの女性がいる　磨
かれた清潔な銀色　二日前まで家族のスープを温めていたのだ
「一軒につき四リットルだそうですよ」　ポリタンク　アイスボック
ス　この鍋に一リットルも入るだろうか　手ぶらで来た老婦人があ
わてて帰って行く　傾いた家が引き裂いた水道管のように　どの顔
も折れ　あらゆる措辞を遠く置いて　ただ乾いている

そしてやっと注がれる　よぎる影を見送り　胸の奥に澱が沈んで
鎮まる頃に　それぞれの器を満たす水が

その一揺れに　彼方からの声を聴く時　私たちは思い出す　人も
原初　地から湧き出た一滴だったことを

陽が砕く　昨日までの古い私たちを

光を浮かべた水を飲もう　あらゆる地を通った静かな声を　億年
を知る動かない眼の下で

東日本大震災を浦安で体験した岡野の詳細な「災害記録」ともなっている。予期せぬ事態に投げ込まれた人々は、生かされた生命を静かに抱えて、大群衆の一人としてただ、注がれる糧を待っている。乾いた泥が砂になり、「羽虫のように舞い上がる」、壁が倒れかかる幻想に怯えながら、しゃがみこむ私たち。その「どの顔も折れ」、表情を暗く畳み込んでいる。ようやく注がれる「水」、胸の奥の乾ききった大地を潤していく。地球に落とされた一滴の水から、生命を宿していった人類の歴史を、「彼方からの声」で呼び起こす。私たちもまた、生きられるという予感も芽生えたのではないだろうか。「光を浮かべた水を飲もう」、どうしようもない運命に身を苛まれながら、能動的に受容する「生命の水」なのである。

大災害は、地域に生きる人々に等しく過酷な状況を与えていく。それが、どんなに科学技術が進歩し、「予見」できたとしても、被害を防ぐことはできない。人類は、そんな歴史を繰り返し経験し、立ち直ってきた。せめて自然災害は仕方がないとしても、人為的災害は防ぐような、政治的・外交的努力はできるかもしれない。

弱い私たちは、経験した災害の記憶を、詩によって人々の心に刻みつけていかなければならない。人は忘れやすく、記録は読まれることはない。

〈聴覚〉を刺激する
——萩原朔太郎の詩を中心に

良質な詩は、人々の五感を刺激する。意図してそのように仕組む場合もあるだろうし、偶然そうなっている場合もあるだろう。「言葉」のみを駆使して創り上げられる芸術であるからこそ、発達してきた特徴といえる。

私も詩を書くとき、ただ意味の羅列のつまらない詩にならないために、読者の様々な五感を刺激する工夫をしている。そのことによって、見たことのない世界に光が差し込み、生々しい映像が現出される。時空を超えて、様々な人々の感情が流れ出す。

普通詩では、こうした五感を複数刺激するように詩が書かれていると思われるが、特に際だって使われている詩を取り上げたい。

一　「リズム」を生み出す──萩原朔太郎の「竹」

萩原朔太郎（１８８６年11月〜１９４２年５月）は、『月に吠える』の「序」で、次のように述べている。

　私の詩の読者にのぞむ所は、詩の表面に表はれた概念や「ことがら」ではなくして、内部の核心である感情そのものに感触してもらひたいことである。私の心の「かなしみ」「よろこび」「さびしみ」「おそれ」その他言葉や文章では言ひ現はしがたい複雑した特種の感情を、私は自分の詩のリズムによつて表現する。併しリズムは説明ではない。リズムは以心伝心である。そのリズムを無言で感知することの出来る人とのみ、私は手をとつて語り合ふことができる。[*1]

散文を理解するように意味を理解しようとしたり、結局何が表現されているのか、言葉を追いかけてその概念を小さくまとめようとしたりする姿勢では、詩を味わうことはできない。「リズム」をただ感得してほしいと述べている。しかし、前者のように詩を読み、

詩はさっぱりわからない。

と投げ出してしまう人々が多いのも現実である。事実、現代詩にも難解なものも多く、様々な形・種類がある。現代詩人は、こうした非難にただ打たれ続けて久しい。「リズム」とは、言葉を音に変換し、身体で共振することである。「リズム」を生み出す詩人の手練手管が求められる。意味を理解しながら「考える」詩は、どうしてこんな〈苦役〉を読者に強いるのか、恨み節は絶えない。まして、好き好んでお金まで出して読もうとする人は、よほどの詩人の希有なファンであろう。こうしたコアなファンを長年持ち続けられる詩人は、恐らく数えるほどしかいない。萩原朔太郎のように、読者に説教垂れて詩集を読ませることのできない、多くの詩人たちは、詩によって果敢に勝負

を挑んでいるのである。萩原朔太郎の詩については、拙著『日本詩の古代から現代へ*2』で、「〈孤独〉という病—萩原朔太郎『月に吠える』について」で述べたことがある。有名な「竹」を取り上げ、朔太郎の「リズム」を生み出す手法をみていきたい。

竹

光る地面に竹が生え、
青竹が生え、
地下には竹の根が生え、
根がしだいにほそらみ、
根の先より繊毛が生え、
かすかにけぶる繊毛が生え、
かすかにふるえ。

かたき地面に竹が生え、
地上にするどく竹が生え、
まつしぐらに竹が生え、
凍れる節節りんりんと、
青空のもとに竹が生え、
竹、竹、竹が生え。*3

全体を通して「生え」という、後に続ける「連用形」で、次々と絶え間なく生え続ける「竹」の逞しさが描かれる。同音の繰り返しで、せり上がるような「リズム」が高まっていく。それが、後半の「竹、竹、竹」のリフレインに繋がり、永遠に人々の耳に響き渡っていく。前半は、暗い地下で伸びいく「根」、細い毛を伸ばし続ける様子、その見えないものを幻視して地下に伸び続ける「竹」を描く。後半は、真っ青な空の下、地表を突き破って垂直に伸びていく「竹」が描かれる。それも1本や2本ではなく、無数にあることが「竹、竹、竹」の表現で強調される。萩原朔太郎の意図した「リズム」が、成功した例といえるだろう。「take」の「t」や「k」の息を激しく吐き出す破裂音も、「竹」の逞しさの表出に効果を上げていると考えられる。

二　臨場感をかき立てる――萩原朔太郎の「軍隊」

萩原朔太郎の『青猫』の中にある「軍隊」という詩を見ていきたい。

軍隊

通行する軍隊の印象

この重量のある機械は
地面をどつしりと圧《おさ》へつける

地面は強く踏みつけられ
反動し
濛濛《もうもう》とする埃《ほこり》をたてる。
この日中を通つてゐる
巨重の逞《たく》ましい機械をみよ
黝鉄《くろがね》の油ぎつた
ものすごい頑固な巨体だ
地面をどつしりと圧へつける
巨《おほ》きな集団の動力機械だ。
　づしり、づしり、ばたり、ばたり
ざつく、ざつく、ざつく、ざつく。

この兇逞《きようてい》な機械の行くところ
どこでも風景は褪色《たいしよく》し

黄色くなり
日は空に沈鬱《ちんうつ》して
意志は重たく圧倒される。
　づしり、づしり、ばたり、ばたり
お一、二、お一、二。*4（後略）

兵隊たちの、重々しく整然とした行進の様子、硬い軍靴の響きが単調に繰り返されるオノマトペによって伝わってくる。兵隊たちを目の当たりにしたことのない私たちにも、すべてを塗り替えていく暗い時代の風景が感得される。行進する兵隊は、一人一人様々な思いを持っているかもしれないが、ひとつの塊となって、街中を突き進む姿には、人間性は感じられない。

軍靴の響きを耳にしたことがなくても、それを想像し、また、近い音を耳に甦らせてこの詩を読む。それによって、否応なく臨場感が高まっていく。ここには、「戦争」に対する萩原朔太郎の思いは表れていないが、人間が巨大な一つの機械となって突き進む時代の愚かさ、哀れさが滲む。

＊1　萩原朔太郎著『月に吠える』（1999年・日本図書センター）14〜15ページ参照
＊2　2019年6月・国文社刊
＊3　＊1の書、42〜44ページ
＊4　『日本の詩集5　萩原朔太郎詩集』（1968年8月・角川書店）参照

〈嗅覚〉を刺激する
──飯島耕一「におい」

五感の中でも「におい」は、多くの詩の中で見出すことができる。ただ、それ自体を痛烈な印象をもって書いた詩はそれほど多くはないと思われる。その一つに、飯島耕一（1930年2月～2013年10月）の「におい」がある。

におい

五月の雨の日
西荻窪の駅のホームのベンチに坐っていると
隣に一人の若い女が坐り

大学の紀要のようなものを
読みはじめる
アメリカ問題の論文で
筆者は女性の名だ
この若い女の名
かもしれない

雨の日のせいか
そのみしらぬ女の
実にあまい体臭が
こちらに　ただよってくる
苦しいほどの　女の　肉体の
におい
衿にこまかい水玉のネッカチーフをまいている

レインコートを着ている
人間の女のにおい

ようやく下りの電車が入ってきた
顔はとうとう見ることはできず
別の車輛に乗った
もう二度と会うこともないか

これが東京だ
人生のにおい
論文なんか　読むのはやめたら
という　一語
をささやいてやるべきだった。*

私にもこの女のように、所かまわず論文を読み、論文の校正をしていた学生時代がある。今思えば大切な20代を研究三昧で駆け抜けた。辺りの風景や、まして隣に座った他人など、視界に入っているはずがない。しかし、この女が発する「におい」は、女であること、恐らくその盛りを周囲に告げ知らせるほど、強烈なものであったのだろう。隣の人の読んでいるものを見たくなるのは混雑した環境に身を置かれた人々の習性かもしれないが、それで何か好奇心が満たされたり特別な関係性が築ける糸口になったりするはずもない。難しそうな文献に一心不乱に目を通している女に、「顔を上げて、君の若さにもっと気づいたら」とか言ってあげたい衝動に駆られたのだろう。二度と会うこともない女なら、なおさらである。しかし、この女には無用な心配かもしれない。

＊『(続) 飯島耕一詩集』(1981年2月・思潮社) 所収『next』90ページ

〈味覚〉を刺激する

——茨木のり子「もっと強く」

世の中に食いしん坊と呼ばれ、自認している人も多いことだろう。現代では、有名なグルメを求めて、全国各地、外国まで旅し、ネットで「お取り寄せ」をして味わう人も、幾十万人、いやそれ以上もいるかもしれない。食べ物のことを考えて、にんまりしている人の顔は、とても幸せそうである。

茨木のり子（1926年6月〜2006年2月）の「もっと強く」は、食のみではない、強烈な欲望を感じさせる詩である。

もっと強く

もっと強く願っていいのだ
わたしたちは明石の鯛がたべたいと

もっと強く願っていいのだ
わたしたちは幾種類ものジャムが
いつも食卓にあるようにと

もっと強く願っていいのだ
わたしたちは朝日の射すあかるい台所が
ほしいと

すりきれた靴はあっさりとすて
キュッと鳴る新しい靴の感触を
もっとしばしば味い《ママ》たいと

秋　旅に出たひとがあれば
ウィンクで送ってやればいいのだ

なぜだろう
萎縮することが生活なのだと
おもいこんでしまった村と町
家々のひさしは上目づかいのまぶた

おーい　小さな時計屋さん
猫背をのばし　あなたは叫んでいいのだ
今年もついに土用の鰻と会わなかったと
おーい　小さな釣道具屋さん

あなたは叫んでいいのだ
俺はまだ伊勢の海もみていないと

女がほしければ奪うのもいいのだ
男がほしければ奪うのもいいのだ

ああ　わたしたちが
もっともっと貪婪にならないかぎり
なにごとも始り《ママ》はしないのだ*

人の生活は、毎月のお給料や年金、売り上げに左右され、その中でつつましく暮らしているものである。「もっと強く」願ったとしても、無理なものは無理と諦め、その願望すら忘れたように日々を過ごす。

「明石の鯛」「ジャム」「土用の鰻」という言葉で、読者は自分の知っている味覚を呼び覚ます。「幾種類ものジャム」で、さらに、苺やマンゴー、ブルーベリー、杏等、自分の好きなジャムの味を思い出す。この流れで、「伊勢の海」で伊勢海老の味を思い浮かべる人までいるかもしれない。

「貪婪」であることは、アグレッシブに生きることである。小さく萎縮して、小さく生きていくことも実は大変な努力が必要なのかもしれないが、たまには、その殻を自ら破ることも大切なのだという詩と考える。「女が～」「男が～」のくだりは、ギラギラした青春時代の、誰にでもあるような恥ずかしい思い出かもしれない。鬱屈したものを抱えながら、自宅やネットカフェで巣ごもりする、「ギラギラ」からは縁遠そうな若者が増えている現代、「もっと強く」願えるものに、挑戦してもらいたいと私も思う。その先の挫折感に耐えることも、成長の大切な過程であろう。

「味覚」は現代では洗練され複雑化し、空腹を満たすばかりではなく、目も楽しませてくれるものが求められるようになった。地域食材のブランド化は、地域振興と結びついて広がりつつある。食料自給率40％を下回り、食卓もグローバルになった日本は、世界食糧難が襲いかかると、餓死する人が続出する危険性もある。生きるか死ぬかの瀬戸際になったとき、米のブランドにこだわる人はいない。あれが食べたいと思い描くこと、食べたいものを食べられて嬉しいと思うこと、そこにはささやかな贅沢があるのだろう。

＊『茨木のり子詩集』（１９６９年３月・思潮社）所収『対話』21〜22ページ

〈視覚〉を刺激する
――入沢康夫「キラキラヒカル」

入沢康夫（1931年11月～2018年10月）の最初の詩集『倖せ　それとも不倖せ』に収められている「キラキラヒカル」は『続おじさんは文学通1　詩編』でも取り上げたことがあるが[*1]、目がチカチカする詩である。

キラキラヒカル

キラキラヒカルサイフヲダシテキ
ラキラヒカルサカナヲカツタキラ
キラヒカルオンナモカツタキラキ

ラヒカルサカナヲカツテキラキラ
ヒカルオナベニイレタキラキラヒ
カルオンナガモツタキラキラヒカ
ルオナベノサカナキラキラヒカル
オツリノオカネキラキラヒカルオ
ンナトフタリキラキラヒカルサカ
ナヲモツテキラキラヒカルオカネ
ヲモツテキラキラヒカルヨミチヲ
カエルキラキラヒカルホシゾラダ
ツタキラキラヒカルナミダヲダシ
テキラキラヒカルオンナハナイタ[*2]

この短い詩の中に「キラキラヒカル」が15回も出ている。内容は一読してわかるものであるが、1段目と15段目を右から左に読むと、

キラキラヒカルオンナヲカツテ
キラキラヒカルオカネヲダシタ

和歌の「沓冠折句」の手法が使われていて、こうした言葉の繋がりが見えてくる。今では消滅した「赤線地帯」あたりが思い浮かぶ。女性を「サイフ」「オカネ」「サカナ」「オナベ」と並べているあたりも不快感を抱く人はいるかもしれない。「ヨミチ」「ホシゾラ」との並びはそんなに気にならないだろう。

「キラキラヒカル」は、脳細胞の皺までピカピカ輝かせて、有頂天で夜道を女と歩く若者の姿がある。しかし、女はサメザメと泣いているのである。自分の運命を悲しんでいるのか、女の心の奥底までは、この若者は決して辿り着くことができない。

〈視覚〉を刺激し続け、リフレインで音を叩き出しながら、軽々と詩を疾走させていくのである。一つ一つ言葉で読者の視覚を形ある映像へと秩序立てていく詩とは、全く方向性の違う詩である。初めからその意図はない。

＊1　明治書院・1997年7月・184～185ページ
＊2　『入沢康夫〈詩〉集成　上巻』（1996年12月・青土社）26～27ページ

〈触覚〉を刺激する

——大岡信「さわる」

大岡信（1931年2月〜2017年4月）の詩に「さわる」（『転調するラヴ・ソング』所収）という詩がある。この詩ほど「さわる」ことを究極まで追究した詩は他にないように思われる。

さわる

さわる。
木目の汁にさわる。
女のはるかな曲線にさわる。

ビルディングの砂に住む乾きにさわる。
色情的な音楽ののどもとにさわる。
さわる。
さわることは見ることか　おとこよ。

さわる。
咽喉の乾きにさわるレモンの汁。
デモンの咽喉にさわって動かぬ憂鬱な智恵
熱い女の厚い部分にさわる冷たい指。
花　このわめいている　花。
さわる。

さわることは知ることか　おとこよ。

青年の初夏の夜の
星を破裂させる性欲。
窓辺に消えぬあの幻影
遠い浜の濡れた新聞　それを
やわらかく踏んで通るやわらかい足。
その足に眼のなかでさわる。

さわることは存在を認めることか。

名前にさわる。
名前とものののばからしい隙間にさわる。
さわることの不安にさわる。
さわることの不安からくる興奮にさわる。
興奮がけっして知覚のたしかさを

保証しない不安にさわる。

さわることはさわることの確かさをたしかめることか。

さわることでは保証されない
さわることの確かさはどこにあるのか。
さわることをおぼえたとき
いのちにめざめたことを知った。
めざめなんて自然にすぎぬと知ったとき
自然から落っこちたのだ。

さわる。
時のなかで現象はすべて虚構。
そのときさわる。すべてにさわる。

そのときさわることだけに確かさをさぐり
そのときさわるものは虚構。
さわることはさらに虚構。

どこへゆく。
さわることの不安にさわる。
不安が震えるとがった爪で
心臓をつかむ。
だがさわる。さわることからやり直す。
飛躍はない。*

「さわる」ことは、人間の最も原初的な行動の一つであろう。触ってみなければわからないことが山ほどある。「名前にさわる」だけは抽象的に見えるが、愛する女の名前を呼ぶことによって、彼女を自分に引き寄せようとする男の行動にも見える。「さわる」

ことで、ものの形状を確かめ、湧き上がる欲情を抑制しつつ確かに対象を捉えていく。しかし、「さわる」ことに際限はなく、むしろどんどん乾いていく。何を捉えようとしているのか、その不確かさが募っていく。退廃的な詩でありながら、じめじめとした人間の欲望の襞に入り込んでいく。「さわる」一時的な瞬間も、すぐ過ぎ去って何も残らない。

飛躍はない。

のは、「さわる」ことが一過性で、同じところを巡っているラビリンスに迷い込んだようなものだからではないだろうか。〈触覚〉が、永続しないもののように。

こうしたテーマに果敢に挑んで、読者を飽きさせないスピード感に脱帽である。

＊『大岡信詩集』（1989年10月・思潮社）所収『転調するラヴ・ソング』43～45ページ

日本詩の形式

一　日本詩の形式の起源

与謝蕪村が、日本の「行分け詩」の草分けと私は考える。与謝蕪村は享保元年（1716年）に生まれ、天明3年（1784年）に没した俳人なので、明治時代の『新体詩抄』から遡ること100年以上前から、この「自由詩」形式があったことになる。それが多くの江戸の文学者、漢学者に継承されなかったことは、なぜなのか。管見に及ばないだけなのか、それはまだわからない。

北寿老仙をいたむ

君あしたに去《さり》ぬゆふべのこゝろ千々《ちぢ》に
何ぞはるかなる
君をおもふ《(う)》て岡のべに行《ゆき》つ遊ぶ
をかのべ何ぞかくかなしき
蒲公《たんぽぽ》の黄に薺《なづな》のしろう咲《さき》たる
見る人ぞなき
雉子《きぎす》のあるかひたなきに鳴《なく》を聞《きけ》ば
友ありき河をへだてゝ《(て)》住《すみ》にき
へげのけぶりのはと打《うち》ちれば西吹《にしふく》風の
はげしくて小竹原《をざさはら》真《ま》すげはら
のがるべきかたぞなき
友ありき河をへだてゝ《(て)》住《すみ》にきけふは
ほろゝともなかぬ
君あしたに去《さり》ぬゆふべのこゝろ千々に

何ぞはるかなる
我庵《わがいほ》のあみだ仏《ぶつ》ともし火もものせず
花もまい《ゐ》らせずすごくとイ《たたず》める今宵《こよひ》は
ことにたう《ふ》とき

釈蕪村百拝書

（『蕪村全集　第四巻・俳詩・俳文』尾形仂・山下一海校注・講談社・1994年8月刊・27～28ページ）

北寿老仙（早見晋我）の死をいたむ

（口語訳・筆者）

君は朝　この世から去っていってしまった
一人残された私の夕べの心は乱れ乱れて
どうしてどこまでも暗く重たいのだろう
君を思い偲びながら思い出の岡に行ってそぞろ歩く
君の姿のない岡はとても寂しく悲しくてならない

蒲公英が咲き乱れている黄色の中に薺の白が咲き映えている
その風情を分かち合う友はいない
雉子がどこかで鳴いている
ただひたすら鳴き続けているのを聞くと
まるで友を恋うているように思える
私には友がいた　河を隔てて住んでいた
不思議な煙がぱっと打ち上がり散ったかと思うと
西から吹く激しい風が小竹や菅の原へと流れ
友の雉子はどこへ逃れることもできなかった
友がいた河を隔てて住んでいた　今日は
「ほろゝ」とも鳴かない
（そんな雉子の声に思いをかき立てられる）
君は朝　この世から去っていってしまった
一人残された私の夕べの心は乱れ乱れて

どうしてどこまでも暗く重たいのだろう
私の庵の阿弥陀仏に火を点すこともなく
花を供えることもなく　ただ悄然として立ち尽くしている　今宵は
阿弥陀仏にすがりたい思いが強く　尊さが身にしみる
　　　　仏弟子・釈蕪村百拝して書き記します

「北寿老仙」とは、早見晋我のことで、「本名は次郎左衛門。下総結城の酒造家で、『北寿』はその隠居号。『老仙』は老仙人の意で蕪村が呈した敬称である。初め其角、のち介我門。結城俳壇の古老として重きをなした。」（前掲『蕪村全集』注参照）とのことである。晋我は75歳で亡くなり、その時蕪村は30歳（延享2年）であった。敬愛する晋我を偲んで、晋我の33回忌（安永6年）に寄せられたものではないかと言われている。

与謝蕪村の迸る悲しみが、こうした「自由詩」形式を生み出したと言えるかもしれない。「俳句」という形式に納まりきらなかったのであろう。この詩について、拙著『日本詩の古代から現代《げんだい》へ』[*1]で分析している。中村草田男に口語訳があること、萩原朔太郎や草野心平も、この詩の文学史的意義について高く評価していることについてもこの拙著で触れている。*2「行分け詩」の日本での起源にかかわる重要な実例である。

日本詩の形式には、現在大きく分けて次の3種類がある。

①「行分け詩」

②「散文詩」

③「行分け詩」と「散文詩」の混合

二 ①「行分け詩」の例

ぬっと出てくる　藤井貞和

おれはことばのあしゅら知らない

おれはことばのあしゅら知らない
水
猿のなかから出て
水
猿のなかから出て
狐に
狐に
飛び火をする
かわどこにみずのり
絵馬落ちてくる
てんじょう裏に稲
弁当箱から
弁当箱から
女行者が

女行者が
行場へはいってゆく
「げつ」か「がつ」か
「づき」か
秋月に行かなかった
しゅうげつと読まれてしまうかも知れないことをおそれ
日本語は不利だと想った
あきづき、豪沙の雨にうたれ
日本語はさいごの泣きをゆるしてしまうかも知れないことをおそれ
遠く
秋月城址
見ず
帰って来た
猿のなかから

まつりがぬっ
ぬっ、ざらざらの地蔵の顔がぬっ
音韻をおろそかにする日本語の歴史
絵馬のように吊るしてぬっ
あさひがぬっ
ぬっ、なみのそこからめぬけがぬっ
紙コップ
おかしいね
整理券
おかしいね
おかしいぬっ
おかしいぬっ
ざら、ざらざら、ビーズ鑵
平和のなかから

おれ、ことばのあしゅらわすれ
おれ、ことばのあしゅらわすれ
みだれています
水
猿のなかへ
水
猿のなかへ
ああどうぶつのことばあります
ああしょくぶつのことばあります
境の神がぬっ
猿田彦、大神があります
ごくらくじ、野辺の光あります
おやすみなさい
夜る《ママ》がぬっと出てあります

ねばねばでぬるぬるの夜るがぬっと出てありますが
日本人な
日本語ば
平和な山に投げすてて
おりてきますよ、船首がぬっ

（藤井貞和『ピューリファイ!』[*3] 159〜163ページ）

藤井貞和（1942年4月〜）の詩は、長編が多い。アップテンポで言葉を疾駆させて、リフレインを多用し、少しずつずらしていき、意味を繋ごうとする読者を巧みにかわしていく。神話の世界も、手触りのある具体的なものにすり替えていく。痛烈な批判が炸裂するのは、「日本語」の音韻の歴史に深く関わった作者ならではと考える。固有の長い歴史のある「日本語」が、時代とともに軽んじられ、いつかは捨て去られてしまうのではとの危機感も感じられる。

『ピューリファイ!』は藤井が42歳頃の詩集で、若々しさが感じられる。「ことばのあしゅら」の激しい詩人としての苦闘で、まだ傷ついていないのかもしれない。「ことばのあしゅら知らない」も「ことばのあしゅらわすれ」も、その苦悩の歴史かもしれない。

宮沢賢治の「春と修羅」に、

いかりの苦さまた青さ
四月の気層のひかりの底を
唾《つばき》し　はぎしりゆききする
おれはひとりの修羅なのだ

とあり、

（まことのことばはここになく
修羅のなみだはつちにふる）

（『校本　宮沢賢治全集』第2巻・筑摩書房・22〜24ページ）

とある激しい怒りの「修羅」を思い浮かべると、そのような激しさはそこにはない。『古事記』『日本書紀』の「猿田彦」は、伊勢神宮の五十鈴川と関係が深く、「水／猿のなかに」とあるのかもしれない。「狐に／飛び火をする」は、「狐火」の怪奇現象を思い起こさせる。神社の風景が点描され、見なかった福岡県朝倉市秋月野鳥の「秋月城址」がなぜか鮮烈に印象づけられる。「秋月」が、多様な読みを喚起させる日本語の危うさをどうしても語っておきたかったのだろう。「旅」の視覚的印象が点在し、「ことばのあしゅら」＝「日本語」（を守る）の戦いの中へ、身を投げ入れていく「覚悟」が感じられる。その点でメッセージ性が極めて強い詩とも言える。最後の「船首」は、「天の鳥船」のような神の「啓示」の証しならまだよいが、日本に攻め寄せる他国の駆逐艦なら恐ろしい。

①の「定型詩」はあまり見かけることはなくなった。以前は「ソネット」を好んで書く詩人たちも多かったと記憶しているが、いつの間にかかなりの少数派になったのではないだろうか。詩を書く人々の多くは、①の形式で書いている。

自由に思いを記していく、あるいは行間で飛躍するのに最適である。1行の中でも、意味を捻って綴っていく詩人もいる。こうした詩の達人は数多くいる。

藤井氏のこの『ピューリファイ！』の詩集には、数行で1連を形成している詩、全く連を作らない詩、散文詩、1語で次行に移る詩、形も段違いにしている詩と多様な形式がある。形式を選んでから詩を書くのではなく、感情に言葉を乗せるとき自動筆記的に書く、書きたい内容によって選択するなど詩の形式を自在に変化させているのだろう。

三 ②「散文詩」の例

「散文詩」の場合、『万葉集』の「長歌」と同様に、1字隙間空けを多用し、「物語る」詩が多い。「、」「。」を用いるもの、隙間を空けずびっしり記していくもの等様々な形式がある。

「散文詩」も「詩」であるので、弛むことなく、緊張感を持続させながら、言葉の緊密な連環、強烈なイメージの喚起力が求められる。形而上詩の形式としても多く見受けられる。抽象的な概念をドラマティックに描き出す達人技は、星野徹（1925年8月〜2009年1月）の最も得意としたものであった。

舌

星野　徹

わたしは薄ももいろの舌を垂らしていた　だが正直に言うと　わたしが薄もも
いろの舌を垂らしていたとそのときそう思ったのは　わたしの中の或る部分に
しかすぎなくて　別の或る部分は必ずしもそうではなかったろう　わたしによ
く似たわたしがわたしの舌によく似た薄ももいろの舌を春の陽射の中に垂らし
ていた　というように思ったらしかった　いま問題を単純化して　わたしの中
の或る部分を仮りにAとし　別の或る部分を同じく仮りにBとすると　AはA
自身と相似のイメジをわたしに投射し　Bはまた同じくB自身と相似の感情を
わたしに移入する　だから　投射され移入されて成立する像はAとBとの関係

に置き換えられる　置き換えられる分だけむろん同時に屈折する　この屈折す
るところがなかなかくせものなのだが　というのは　一つの関係はそれと相似
のもう一つの関係を必ず生み出すであろうからだ　つまりAとBとの関係Cは
C自身を相似の関係Dを生み出し　さらに関係Cが関係Dを生み出すという関
係EはE自身と相似の関係Fを生み出す　かくして類推のくさりは関係の環が
付け加えられるごとにわずかずつ伸長し　かつわずかずつ屈折する　屈折しわ
ずかずつだが湾曲してゆく　湾曲面の焦点として成立するであろう像　わたし
の像　これもまたわずかずつだが当然ずれてゆく　つまりその像を指示しうる
言葉は正確に言うと　ない　つまりは類推のくさりの伸長を次にくるであろう
環の位置で切断し　さながら発作的に　たとえばこう発語するほかないのだ
――ウツボカズラ　だが発語された瞬間に言葉は想定された位置から当然のこ
とわずかだがずれ　したがって何かが必ず起るのだ　薄ももいろのラビリンス
の中へ　むすうの関係の味蕾をさながら張りめぐらした凹状の世界の中へ　像
は立ちどころに落ちる　落ちて　もがいて　立ちどころに融けてゆく像　融け

てゆく像の――地獄　そこから発端のわたしまでの距離に湾曲してかかってい
る類推の環のくさり　すなわち揺れる関係の環の一つ一つに爪先をかけ　はる
かなくさりの上を一歩一歩とはるかに後退してゆくのは　わたしの中のＡ　Ｂ
どちらであったろう　わたしは曖昧な春の陽射の中に薄ももいろの舌を垂ら
していた

（『範疇論』より。『星野徹全詩集』沖積舎・１９９０年所収・205～206ページ）

この詩について、以前『続おじさんは文学通１　詩篇』（明治書院・１９９７年）で私は解説したことがある。

硬質な言葉で論理的に紡ぎだされた世界とは裏腹に、底には生々しい人間の肉体と思惟の、とぼけた味わいの鬩ぎ合いがあります。この詩の面白みは、その落差にあります。「わたしの中の或る部分」と「別の或る部分」をそれぞれＡ、Ｂとし、違和感のある自分自身の中のあるものを明確に表現していこうとします。数学の証明問題を解いていくような、手際のよさで、問題を単純化していく作業が、より問題を複雑にしていきます。人間の思慮には、数学と違って「類推」という厄介なものが、いやおうなく入り込んできます。その「類推」が、また新たな「わたし」の像を作り出し、次々に発展・展開していき、少しずつずれた「わたし」の像は、一つの全く予期しなかったものに、辿り着くのです。「ウツボカズラ」、これがこの詩の中で、鮮やかに描き出された唯一の具体的なものといってよいでしょう。発語されることによって、また、少しずつずれていく関係が生じます。「ウツボカズラ」の内部へと落下していく「わたし」の像とその過程を逆に遡ろうとする「わたし」の像と、その交錯する目眩《めくるめ》くような世界の現出が、作者の意図であったと思われます。「曖昧な春の陽射」がもたらす、一つの幻影に導かれて、本当に「薄ももいろの舌を垂らす」わたしが生まれたような気がします。（後略）

（128〜129ページ）

このように星野徹の詩は「難解」との誹りも受けながら、孤高の完成度を保ち続けたと私は考える。巧みな人間観察、右脳と左脳を適度に刺激しながら、想像を超えた世界へと読者を導いていくのである。

年を重ねることによって、①から②へ、そして②から①へと詩の形式を変えていく詩人もいる。詩のテーマによって、①か②を自在に選択するタイプの詩人もいる。私の場合は第2詩集『洪水のきそうな朝』（1987年4月）で①と②が混在し、それ以後第10詩集『万籟』（2021年9月）までほとんど散文詩ばかりとなった。若さを失い、言葉の疾走感が失われたことを実感したあたりから、私が意識的に選択した形式である。これ以後もまだ散文詩で書くだろう。

四　①と②の混合の例

〝とおーく、宇宙の窓に、白い言《コト》が浮かんで

来ていた、、、、、〃

〃掌《てのひら》の小石《コいし》、
　　　煖《アた、》か、、、、、〃
と、樹の上の栗鼠《リす》がささやく
とおーく、宇宙の窓に、
白い言《コト》が浮かんで来ていた、、、、、
（中略）

誰のとも、、、、、ヒトの、、、、、とも、
いえない、この宇宙の死後の思い出
のシーン。水の惑星の水も、干《ヒ》いて
しまった。とうとう、季節もない、

すべての回リ《メぐ》が、しんと絶えたとき、、、、、その窪《クぼ》に、不思議な夜があらわれる。宇宙の死後に、、、、、。それは、優しさの死後だッた、、、、、。あるいは、まったくあたらしい、輝き、表面のかがやきの姿であッた、、、、、。蜘蛛や栗鼠の底の言葉でいう、〝ハ――ハ〟と、聞こえてきていた、、、、、

（後略）

（吉増剛造『Ｖｏｉｘ』*5 4〜9ページ）

吉増剛造（１９３９年２月〜）の詩のように、「行分け詩」と「散文詩」を自在に行き来する詩は、最近特に多く見受けられるようになった。①と②のいいとこ取りなのかもし

れない。この詩は、行分け詩の部分は「声」または「叫び」、「散文詩」の部分は、わかりやすい理解が及ぶ「語り」の内容となっており、その両方をシャッフルして読む、あるいは声に出して叫ぶことが求められているように思う。そのようにして「感得」するのも、詩の味わい方の一つかもしれない。③はどこまで「進化」を続けるのか目が離せない。

もともと「形式」が先にあったのではなく、「思い」を表すために、自然に「形式」をつかみ取っているのだろう。「思い」を表現するのに、「形式」の選択で迷っていては、先に進まない。時代はものすごい勢いで過ぎていき、高度科学技術は怠慢な人々を容赦なく置き去りにしていく。進化についていくのも、先立つものが必要であり、地域的情報環境の格差も解決されていない。広く国民への社会的支援・整備も求められるだろう。老いていく一方の私も含めての多くの詩人たちは、「老い」をカバーする科学技術を切望しているのではないだろうか。

＊1　国文社・2019年6月刊

＊2　＊1の167〜171ページ
＊3　書肆山田・1984年8月刊
＊4　思潮社・2011年10月刊
＊5　思潮社・2021年10月刊

【初出一覧】

人はなぜ詩を求めるのか　書き下ろし
日本語の多様な表記・表現―宮沢賢治「永訣の朝」を例に　「白亜紀」第161号（2021年10月）
文語詩の魅力（一）―翻訳詩を巡って　「白亜紀」第158号（2020年10月）
文語詩の魅力（二）―島崎藤村「千曲川旅情の歌」　「白亜紀」第165号（2023年3月）
日本詩の音　「白亜紀」第159号（2021年2月）
〈声〉の詩　「白亜紀」第163号（2022年6月）
〈故郷《ふるさと》〉に眠るもの　「白亜紀」第164号（2022年10月）
戦《いくさ》と平和　「詩客」第112号（2013年12月24日）
助詞〈も〉で沸き立つもの　書き下ろし
〈口承〉という豊穣の海　書き下ろし
R音で始まる元号　「白亜紀」第162号（2022年2月）
瑞々しく立ち上がる―小熊秀雄「飛ぶ橇」「白樺の樹の幹を巡つた頃」について　「白亜紀」第155号（2019年10月）
「詩と思想」2021年7月号

女流詩人の草分け―英美子の詩について　「小熊秀雄協会会報」第22号（2021年9月30日）

〈大災害〉と詩―岡野絵里子『陽の仕事』を中心として　「茨城文学」第48号（2021年4月）
『詩がひらく未来』（2020年9月・一般社団法人　日本詩人クラブ）所収、
網谷厚子「後期沿革」の一部／「白亜紀」第139号（2013年4月）
一部書き下ろし

〈聴覚〉を刺激する―萩原朔太郎の詩を中心に　書き下ろし

〈嗅覚〉を刺激する―飯島耕一「におい」　書き下ろし

〈味覚〉を刺激する―茨木のり子「もっと強く」　書き下ろし

〈視覚〉を刺激する―入沢康夫「キラキラヒカル」　書き下ろし

〈触覚〉を刺激する―大岡信「さわる」　「万河・Banga」第28号（2022年12月）

日本詩の形式　書き下ろし

あとがき

私は大河を下る舟である。下り始めたのは今から千五百年以上前。漢字で日本語の音と意味をようやく写すことができた。太古の物語は、「人」から「人」への語り伝えで、遥か昔は「今」に繋がっていた。花が咲き、鳥が鳴き、獣たちは野山を駆け巡っていた。鋭い矢で射られた鹿の、鮮やかな血が土を点々と彩る。葬られた幼い魂は、岡から煙となって立ち上り、高い空の雲となる。蛮族と呼ばれた北の人々を平伏させ、海の向こうから押し寄せてくる民に立ち向かうために遣わされた東国の若者たち。妻や子の涙は乾くことがない。

「ひらがな」で初めて編まれた勅撰和歌集。「唐歌」に対する「和歌」と胸を張って、歌詠みの誇りと喜び。物語を創造し、人々の心の中を深く、さらに深く掘り下げて、「思い」は千年の時を超えて、やすやすと今に届く。

日本の「近代詩」「現代詩」と言われる歴史は、まるで朝結んだばかりの露のようである。確かにあったけれど、いつまで保っていられるだろう。あと百年もしたら、今生きている詩人たちは恐らく一人もいない。データも紙も永遠ではない。和紙に墨で印刷できたら、それでも千年、あるいはそれ以上残せるかもしれない。千年プリントという、新しい印刷技術が発明されたら、もっと後世にたくさんの作品を残せる可能性が高まる。「電子化」に進む現代では、機能性を重視し、耐久性を軽んじている。そもそも千年以上も残す価値があるのかとの疑義も生じるだろう。費用対効果でどうなのかと。

「口承」と言われた時代のように、「人」から「人」へ伝達していくのが、最も確かな手段なのかもしれない。こまめに語り継いでいく。そのためには、今語り継ぐ価値のあるものを「創造」する必要があるだろう。保存年限を定めてどんどん破棄されていく現代、大切なもの、後世に残すものが、選別されていく厳しい時代がやってきた。

私は大河を下る舟である。「過去」から「現在」へと渡り、「未来」へと漕ぎ出して行く。連綿と続く、豊かな河の恩恵を大切にしたいものである。

この書は『詩的言語論―JAPANポエムの向かう道』『日本詩の古代から現代へ』に続くものである。惜しげもなく助言してくださった先輩詩人の皆様、お世話になった土曜美術社出版販売の皆様、表紙写真の若き友人の高田有大さんに感謝申し上げたい。

二〇二三年　初夏

網谷厚子

著者略歴

網谷厚子（あみたに・あつこ）

1954年9月12日　富山県中新川郡上市町生まれ。お茶の水女子大学大学院人間文化研究科（博士課程）比較文化学専攻単位取得満期退学。沖縄工業高等専門学校名誉教授
「万河・Banga」主宰。「白亜紀」同人。日本現代詩人会、一般社団法人日本詩人クラブ・日本ペンクラブ、公益社団法人日本文藝家協会、茨城県詩人協会、茨城文芸協会等会員。

○詩集（以下すべて単著）
『時という枠の外側に』（国文社・1977年）
『洪水のきそうな朝』（思潮社・1987年）
『夢占博士』（思潮社・1990年）
『水語り』（思潮社・1995年・茨城文学賞＝詩部門）
『万里』（思潮社・2001年・第12回日本詩人クラブ新人賞）
『天河譚―サンクチュアリ・アイランド』（思潮社・2005年）
『新・日本現代詩文庫57　網谷厚子詩集』（土曜美術社出版販売・2008年）
『瑠璃行』（思潮社・2011年・第35回山之口貘賞）
『魂魄風』(思潮社・2015年・第49回小熊秀雄賞)
『水都』（思潮社・2018年）
『万籟』（思潮社・2021年・茨城新聞社賞）
○研究書・解説書・評論集・エッセイ集
『平安朝文学の構造と解釈―竹取・うつほ・栄花』（教育出版センター・1992年）
『続おじさんは文学通1　詩編』（明治書院・1997年・全解説執筆）
『日本語の詩学―遊び、喩、多様なかたち』（土曜美術社出版販売・1999年）
『鑑賞茨城の文学―短歌編―』（茨城大学五浦美術文化研究所・五浦文学叢書2・筑波書林・2003年・日本図書館協会選定図書）
『詩的言語論―JAPANポエムの向かう道』（国文社・2012年・茨城文学賞＝評論・随筆部門）
『陽をあびて歩く』（待望社・2018年）
『日本詩の古代から現代へ』（国文社・2019年）他

日本《にほん》の詩《し》の諸相《しょそう》

発行　二〇二三年八月一日

著者　網谷厚子
装丁　直井和夫
発行者　高木祐子
発行所　土曜美術社出版販売
〒162-0813　東京都新宿区東五軒町三—一〇
電話　〇三—五二二九—〇七三〇
FAX　〇三—五二二九—〇七三二
振替　〇〇一六〇—九—七五六九〇九
印刷・製本　モリモト印刷

ISBN978-4-8120-2771-4　C0095